Destiny-Beginner

Fantasy-Rollenspiel
von Alexander Schiebel

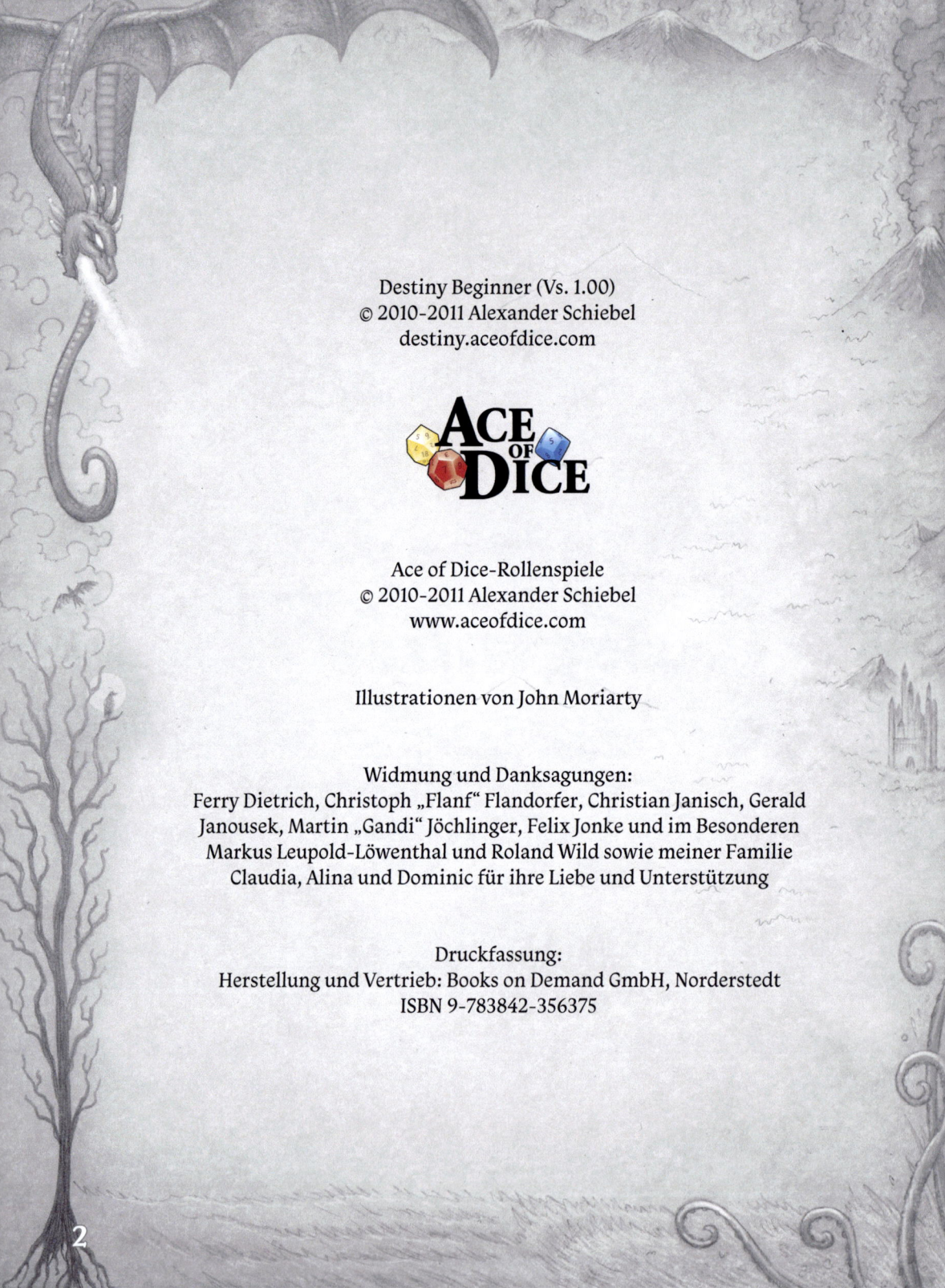

Destiny Beginner (Vs. 1.00)
© 2010-2011 Alexander Schiebel
destiny.aceofdice.com

Ace of Dice-Rollenspiele
© 2010-2011 Alexander Schiebel
www.aceofdice.com

Illustrationen von John Moriarty

Widmung und Danksagungen:
Ferry Dietrich, Christoph „Flanf" Flandorfer, Christian Janisch, Gerald
Janousek, Martin „Gandi" Jöchlinger, Felix Jonke und im Besonderen
Markus Leupold-Löwenthal und Roland Wild sowie meiner Familie
Claudia, Alina und Dominic für ihre Liebe und Unterstützung

Druckfassung:
Herstellung und Vertrieb: Books on Demand GmbH, Norderstedt
ISBN 9-783842-356375

Inhalt

Einführung und Vorwort

Was ist ein Rollenspiel?

Wahrscheinlich ist es auch dir schon so ergangen: Du liest ein Buch und fragst dich, wie die Geschichte wohl verlaufen wäre, wenn du selbst Einfluss auf die Handlung genommen hättest. Du wünscht dir vielleicht, am Königshof eine sinistre Intrige aufzuklären, auf Schatzsuche zu gehen, mächtige Zaubersprüche zu wirken oder mit dem Schwert in der Hand einen fürchterlichen Drachen zur Strecke zu bringen. Unglücklicherweise geschieht aber im Buch immer nur das, was sich der Autor ausgedacht hat. Im Rollenspiel aber, da haben wir selbst die Möglichkeit, die Handlung zu gestalten!

Rollenspiel ist das gemeinsame Erzählen einer Geschichte.

Dafür setzen sich mindestens zwei, besser vier Personen einen Abend lang an einen Tisch. Zuvor werden noch schnell Knabberzeug und Getränke zur Verfügung gestellt, ehe eine der anwesenden Personen die Funktion des Spielleiters übernimmt.

Der **Spielleiter** (SL) ist gewissermaßen Erzähler und Moderator in einer Person, während die anderen Spieler in die Rolle ihrer ganz persönlichen Hauptperson schlüpfen, des **Spielercharakters** (SC). Für die Dauer des Abends verkörpert nun jeder Spieler seinen Spielercharakter. Er beschreibt Äußeres, Worte und Taten wahlweise aus der Ich-Perspektive („Ich hebe das Schwert auf und stür-

me lauthals brüllend auf den Troll zu!") oder in der dritten Person („Vaerion öffnet vorsichtig die Tür und lugt durch den Spalt..."). Wer schauspielerisch veranlagt ist, kann auch seine Stimme verstellen oder Mimik und Gesten einfließen lassen. Der Spielercharakter ist dabei allerdings kein Avatar des Spielers, sondern eine eigenständige Persönlichkeit, mit Stärken, Schwächen und einer eigenen Vorgeschichte.

Der Spielleiter ist Regisseur und Autor der Geschichte. Die Spieler sind Hauptdarsteller mit der Lizenz zum Improvisieren.

Bevor das Spiel los geht, werden die SCs nach den Spielregeln mit numerischen Werten ausgestattet. Diese ermöglichen das Vergleichen von Fähigkeiten zwischen Charakteren. So könnte etwa ein Krieger einen höheren Stärke-Wert haben als ein Zauberer, dafür würde dieser wiederum mit hoher Intelligenz glänzen. In einem mehr oder weniger aufwändigen Prozess, den man gemeinhin **Erschaffung** nennt, werden alle möglichen spielrelevanten Details des SC in Werte gefasst. Danach geht es ab ins erste Abenteuer.

Erschaffung findet vor dem ersten Abenteuer statt. Sie dient dazu, Spielercharaktere mit vergleichbaren Werten auszustatten.

Das **Abenteuer** ist eine Geschichte, die sich der Spielleiter zuvor überlegt hat und die er nun einen Abend lang erzählt. Vielleicht bedient er sich aber auch eines vorgefertigten Konzepts, das er gekauft oder im Internet gefunden hat. Das Abenteuer ist am ehesten mit einem Drehbuch zu vergleichen, allerdings gestalten hier die Spieler das Geschehen in der Rolle ihres SC mit. Die Handlung ist dadurch in hohem Maß veränderlich, und nicht einmal der Spielleiter kann im Vorhinein wissen, wie es ausgeht. Natürlich kann er die Geschichte steuern, denn er definiert und beschreibt die Umgebung, z.B. Orte oder Personen, auf die die SCs im Abenteuer treffen (genannt „Nicht-Spieler-Charaktere" oder NSCs). Er spielt dabei weder zu Gunsten der Spieler noch gegen sie, sondern folgt unparteiisch den Gesetzen der Logik, der Spielwelt und dem Plan seines Abenteuers.

Abenteuer nennt man das „Drehbuch" des Spielleiters. Ob vollständiges Script oder Stichwörter - wichtig ist nur, dass es die Spieler fesselt und niemals langweilig wird.

Dieser Plan kann die SCs vor allerlei Aufgaben stellen. Vielleicht müssen sie eine gestohlene Reliquie wiederbeschaffen, einen Verschwörer entlarven, eine Burg verteidigen oder einen größenwahnsinnigen Zauberer zur Strecke bringen. Was auch immer es ist, am Ende werden sie mit **Erfahrung** belohnt. Erfahrung ermöglicht es ihnen, die eigenen Werte zu verbessern, oder, wie man auch sagt: den SC zu „steigern". Dadurch wird er stärker, zauberkräftiger, geschickter oder klüger... und er wird künftig in der Lage sein, neue, noch schwierigere Herausforderungen anzunehmen. Mit der Zeit kann so aus einem Stallburschen ein Ritter, aus einem Zauberlehrling ein Magier oder aus einem Gassenjungen ein Meisterdieb werden!

Erfahrung ist die Belohnung für erfolgreiches Bestehen eines Abenteuers. Erfahrung verbessert die Werte und damit die Fähigkeiten des Spielercharakters.

Um so schlimmer ist es natürlich für die Spieler, wenn die SCs an den vorgegebenen Aufgaben scheitern. Bestenfalls entgeht ihnen auf diese Weise Erfahrung, möglicherweise geraten sie auch in Gefangenschaft und müssen im nächsten Abenteuer erst wieder ausbrechen. Schlimmstenfalls aber kommt es zum Tod eines oder mehrerer SCs – und das ist schlimmer, als bei Mensch-ärgere-dich-nicht Letzter zu werden...

Ziel im Rollenspiel ist das Er- und Überleben unvergesslicher Geschichten, das Entwickeln von Charakteren und das Mehren ihrer Erfahrung.

Da das Gelingen der SCs nicht im Belieben des Spielers stehen, aber auch nicht von der Willkür des Spielleiters abhängen soll, braucht es einen objektiven Maßstab. Im Rollenspiel entscheiden daher die Würfel, ob z.B. der SC in der Lage ist, einen Lavafluss zu überspringen, ein wildes Pferd zuzureiten, einem Schwerthieb auszuweichen oder einen Feuerball zu zaubern. Die Erfolgschance einer solchen **Probe** ist um so höher, je besser die Werte des SC in der jeweiligen Disziplin sind.

Proben sind Würfelwürfe des Spielers, durch die bestimmt wird, ob sein Spielercharakter in der Lage ist, eine Handlung erfolgreich auszuführen.

Exemplarische Szene

All das könnte zum Beispiel wie folgt ablaufen. Beteiligte sind die Spieler mit den Charakteren Axias, der Dieb (A), Bandara, die Hellseherin (B) und Corkos, der Krieger (C), sowie der Spielleiter (SL):

SL: Die Taverne ist stickig, dunkel und voller dubioser Gestalten. Dhorag, der Verkäufer der Karte, die zu Maergas Höhle führt, soll sich hier aufhalten.

A: Wie sollen wir diesen Dhorag finden? Wir wissen gar nicht, wie er aussieht!

B: Möglicherweise kennt er uns.

C: Ich geh' mal auffällig durch den Schankraum.

SL: Der Wirt faucht dich gleich an: „Waffen vorne abgeben!"

C: Ich mache ein missmutiges Gesicht und schnalle meinen Schwertgürtel ab.

A: Ich füge mich ebenfalls.

B: Ich habe nur einen Stab bei mir.

SL: Daran scheint sich keiner zu stören. Würfelt bitte eine Probe auf Intelligenz/Gesellschaft, um die Gesichter zu deuten.

C würfelt: Nicht geschafft.

B würfelt: Geschafft.

A würfelt: Geschafft.

SL: Ihr beide, Axias und Bandara, spürt, dass ihr hier nicht willkommen seid und bald Ärger bekommen werdet.

A: Wir sollten uns hier nicht länger als nötig aufhalten.

C: Ohne Dhorag gehe ich hier nicht weg.

A: Und wie sollen wir ihn erkennen?

B: Ich bin Hellseherin, schon vergessen? Ich setze meine Große Gabe ‚Magie' ein und lokalisiere Dhorag über seinen Gedankenstrom.

SL: Interessante Idee. Das ist ein Effekt ersten Grades. Würfle deine Magie-Probe.

B würfelt: Ha, geschafft!

SL: Du wendest 1 Destiny-Punkt auf, und folgendes geschieht: Dein Geist durchflutet die Taverne. Wellen unterschiedlichster Gedanken und Gefühle erreichen dich, als du die Augen schließt. Dann spürst du eine Resonanz, die zu der Schwingung des Namen Dhorag passt, öffnest die Augen und blickst auf einen Gnom, der im hinteren Drittel der Taverne sitzt und Suppe löffelt.

B: Sehr gut! Ich teile meine Erkenntnis mit Axias und Corkos.

C: Ich steuere ihn mal an und setze mich zu ihm.

SL: Noch bevor du den Tisch erreichst, stehen drei finster aussehende Gesellen auf und versperren dir den Weg. „Was wollt ihr hier?"

C: Ich ziehe mein Schwert.

SL: Das hast du abgegeben.

C: Mist...

A: Ich geh' dazwischen. „Guter Mann, regt euch bitte nicht auf. Wir wollen keinen Ärger, sondern nur mit einem Freund sprechen."

SL: „Ihr habt hier keine Freunde..."

C: Ich mach' ihn alle...

A: Ich halte unseren ungestümen Corkos am Arm zurück und lasse ein paar Silbermünzen auf die Tischplatte fallen.

SL: Die Männer blicken auf die Münzen und dann auf deinen Geldbeutel. Wie viel hast du denn bei dir?

A: Naja, ähm, laut meinem Charakterbogen sind es 24 Gold.

SL: Der finstere Typ bekommt leuchtende Augen, als er deinen fetten Geldbeutel sieht, und grinst dreckig.

C: Aus jetzt, ich schlag' zu.

SL: Na gut, ihr habt die Initiative.

C würfelt: Getroffen, 5 Trefferpunkte.

A: Oje, genau das versuchte ich zu vermeiden. Na egal, ich schmuggle mich an den Typen zu Dhorag vorbei. Notfalls setze ich meine Große Gabe in ‚Geschick' ein.

SL: Brauchst du nicht. Würfle einfach eine Probe auf Geschick/Kampf.

A würfelt: Gelungen.

SL: Und du, Bandara?

B: Ich seufze und versuche, unbehelligt zum Hinterausgang zu gelangen...

SL: Alles klar, nächste Kampfrunde bist du dort. Jetzt sind meine Jungs dran. Macht euch auf was gefasst...

Über Destiny-Beginner

Destiny-Beginner enthält alles, was du brauchst, um ohne lange Vorbereitung ins Reich der Fantasie einzutauchen. Als Spieler kannst du binnen 5 Minuten losstarten, als Spielleiter brauchst du lediglich dieses Büchlein zu lesen. Die ebenso intuitiven wie ausbaufähigen Regeln wenden sich an Einsteiger und Umsteiger, und sie passen sich jedwedem Charakter, Abenteuer und Fantasy-Setting an.

Teil 1 erklärt dir die Spielregeln genau so weit, wie du sie als Spieler kennen musst, um mit vier selbst gewählten Werten einen SC zu erschaffen und mit zwei verschiedenfärbigen Sechsseitern (dem "W66") Proben und Kämpfe zu bestehen. Erfahre hier, wie du übernatürliche Fähigkeiten einsetzt und wie sich dabei die Regeln deiner Fantasie anpassen (und nicht umgekehrt). Erfahrene Spieler werden zudem die szenenabhängige Regeneration zu schätzen wissen, die Erzählung und Spielfluss unterstützt.

Teil 2 beleuchtet einige Destiny-Beginner-Regeln von der Spielleiter-Seite. Du wirst sehen, du hältst ein extrem Spielleiter-freundliches System in Hän-

den: Steuere den Schwierigkeitsgrad deines Abenteuers nicht über die Anzahl der Monster, sondern über die Gliederung deiner Szenen. Erschaffe NSCs noch einfacher als SCs, und verwende die Große Gabe, um ihnen besondere Fähigkeiten mitzugeben. Außerdem findest du hier eine kurze Einführung in das Spielleiten und Gestalten von Abenteuern.

Teil 3 beschreibt die fantastische Stadt Lys Marrah. Sie soll der Hintergrund deiner ersten Charaktere und Abenteuer sein. Enträtsle die magischen Laternen und erkunde die von Monstern bevölkerte Unterstadt. Verfolge sinistre Kräfte durch dunkle Gassen, sammle Beweise für die Machenschaften der Gnome, und hilf den Elfen und Zwergen dabei, ihr Ansehen wiederzuerlangen!

Teil 4 enthält drei Szenarien für den Spielleiter sowie ein Solo, das dir, wenn du noch nie Spielleiter warst, demonstriert, wie sich ein Abenteuer aus deinen Entscheidungen und jenen der Spieler herausbildet. Ebenfalls enthalten: Beispiel-Charaktere für schnell Entschlossene, das Charakterdokument und eine Karte von Lys Marrah.

Destiny-Beginner ist nur der Anfang: Gefallen dir die Regeln, suchst du aber mehr Komplexität und einen höheren Detailgrad, so kannst du jederzeit auf „Destiny" umsteigen. Beide Systeme sind voll kompatibel und können sogar gleichzeitig in einer Runde verwendet werden. Informationen zu "Destiny" und "Destiny-Beginner" sowie Materialien findest du auf **www.aceofdice.com**.

Nun aber viel Spaß und Freude mit Destiny-Beginner und Lys Marrah!

Alexander Schiebel

Aspekte und Werteprofil

Der erste Schritt zu deinem eigenen Spielercharakter besteht darin, sich ein **geistiges Bild** von ihm oder ihr zu machen. Orientiere dich eventuell an literarischen Figuren. Ist dein SC zauberkräftig wie Merlin, schlau wie Robin Hood, stark wie Conan oder ein Waldläufer wie Aragorn? Ist er überhaupt ein Mensch, oder vielleicht ein Elf, Zwerg, Ork oder Gnom?

Wähle anschließend aus nebenstehender Tabelle einen **primären Aspekt**. Dieser sollte die eine große Stärke deines SC auf den Punkt bringen.

> **W**ähle aus den 8 Aspekten einen primären Aspekt. Er beschreibt deine größte Stärke. Vielseitig veranlagte SCs sollten aus Set 1 wählen, Spezialisten aus Set 2.

Trage den primären Aspekt sowie die anderen 3 Aspekte desselben Sets auf einer leeren Kopie des Charakterdokuments (Seite 50) ein.

Der Kämpfer Vaerion wählt als primären Aspekt KAMPF *und erhält dadurch* NATUR, GESELLSCHAFT *und* MAGIE *als weitere drei Aspekte. Mouna ist Diebin. Ihr primärer Aspekt ist* GESCHICK, *ihre drei anderen Aspekte sind daher* CHARISMA, STÄRKE *und* INTELLIGENZ.

Dein SC startet mit 43 in seinem primären Aspekt und 33 in allen anderen.

Vaerion hat KAMPF 43, *Mouna hat* GESCHICK 43. *Alle anderen Werte betragen 33.*

> **I**m primären Aspekt startest du mit 43, in den anderen dreien mit 33.

Set 1: Generalisten	CHARISMA: Ausstrahlung, Wirkung auf andere Lebewesen. Wichtig für: Priester, Ritter, Druiden.
	STÄRKE: Muskelkraft, Belastbarkeit, Willenskraft. Wichtig für: Barbaren, Krieger, Söldner.
	GESCHICK: Körperbeherrschung, Schnelligkeit, manuelles Geschick. Wichtig für: Glückskinder, Diebe, Abenteurer, Briganten.
	INTELLIGENZ: Bildung, Intuition, Auffassungsgabe, Empathie. Wichtig für: Gelehrte, Späher, Barden.
Set 2: Spezialisten	NATUR: Wildnis, Tiere, Pflanzen, natürliches Umfeld. Wichtig für: Tiermeister, Waldläufer, Jäger.
	GESELLSCHAFT: Beziehungen, Kultur, Zivilisation, Technologie. Wichtig für: Handwerker, Händler, Spione, Verschwörer
	KAMPF: Konfrontation, Konflikt, Krieg, Kräftemessen. Wichtig für: Krieger, Kämpfer, Söldner.
	MAGIE: Übernatürliches, Mythologie, Zauberei, Geister. Wichtig für: Magier, Hexen, Geweihte, Schamanen.

Für Fortgeschrittene: Verschiebe bis zu 2 Punkte pro Aspekt, gleiche aber jede Erhöhung mit einer Verminderung im selben Betrag aus. Dein primärer Aspekt kann so im Bereich 41-45, die anderen innerhalb 31-35 zu liegen kommen.

Mouna erhöht ihr CHARISMA *auf 35 und senkt dafür* STÄRKE *und* INTELLIGENZ *auf 32. Ihr Werteprofil lautet daher* GESCHICK 43, CHARISMA 35, STÄRKE 32, INTELLIGENZ 32.

Gib deinem SC nun einen Namen, eine kurze Hintergrundgeschichte und ein oder zwei prägnante Wesenszüge.

Würfelwürfe und Proben

Wenn ein SC eine Handlung setzt, deren Erfolg alles andere als sicher ist, kann der Spielleiter eine **Probe** verlangen. Er nennt dafür zwei Aspekte, die ihm für das Gelingen am Wichtigsten scheinen, einen aus Set 1, einen aus Set 2 (⬡ 25).

SL: „Ihr gelangt zu Maerga's Höhle, doch vor dem Eingang steht ein dreiköpfiger Riese mit einer großen Keule." Vaerion: „Den machen wir fertig." Mouna: „Nichts da, wir schleichen um ihn herum." SL: „Also gut, würfelt bitte eine Probe auf GESCHICK/NATUR, *um den Riesen unbemerkt zu umgehen."*

Als Destiny-Beginner-Charakter hast du nur in einem dieser beiden Aspekte einen Wert, daher ignorierst du den anderen einfach.

Mouna hat GESCHICK *43 (und keinen Natur-Wert). Vaerion hat* NATUR *33 (dafür keinen Geschick-Wert).*

Der Spielleiter stellt stets zwei Aspekte, einen aus jedem Set, auf die Probe. Als Destiny-Beginner-Spieler ignorierst du einfach jenen, den dein SC nicht aufweist.

Nun kommt die eigentliche Probe, ein **Würfelwurf mit dem W66** (siehe unten), bei dem du kleiner oder gleich dem geforderten Aspekt würfeln musst. Gelingt dir das, so hat auch dein SC die Aktion geschafft. Überwürfelst du den Wert jedoch, so ist die Aktion misslungen.

Würfelt Mouna kleiner oder gleich 43, so ist ihre GESCHICK*-Probe gelungen. Würfelt sie 44 oder höher, so ist die Probe misslungen.*

Schätzt der Spielleiter eine Aktion schwieriger oder leichter ein (⬡ 25), so kann er die **Schwierigkeit** einer Probe hinauf- oder hinuntersetzen, indem er an der Zehnerstelle des maßgeblichen Wertes dreht. Leichte Proben sind in diesem Sinne um eine Zehnerstelle erleichtert (+1), schwierige Proben um eine Zehnerstelle erschwert (-1).

Wäre die obige GESCHICK/NATUR*-Probe um 1 erschwert (z.B. in Ermangelung von Felsen, die man zur Deckung verwenden kann), so dürfte Mouna statt 43 nur maximal 33 würfeln und Vaerion nur bis zu 23.*

Proben gelingen bei einem Würfelergebnis kleiner oder gleich dem Wert des auf die Probe gestellten Aspekts. Boni und Mali modifizieren die Zehnerstelle.

Der W66

In Destiny und Destiny-Beginner wird der W66 verwendet. Er besteht aus einem dunklen und einem hellen sechsseitigen Würfel (W6). Wenn du mit dem W66 eine Probe würfelst, würfelst du mit beiden Sechsseitern. Der dunkle gibt die Zehnerstelle des Ergebnisses an, der helle die Einerstelle. Du kannst damit Werte **von 11 bis 66** erwürfeln.

Beim W66 gibt der dunklere W6 die Zehnerstelle, der hellere W6 die Einerstelle an.

W66	heller W6					
	1	**2**	**3**	**4**	**5**	**6**
1	11	12	13	14	15	16
2	21	22	23	24	25	26
3	31	32	33	34	35	36
4	41	42	43	44	45	46
5	51	52	53	54	55	56
6	61	62	63	64	65	66

(dunkler W6 — linke Spaltenbeschriftung)

Wie bereits erwähnt musst du für eine erfolgreiche Probe mit dem W66 kleiner oder gleich dem maßgeblichen Aspekt würfeln.

Vaerions GESCHICK/NATUR-*Probe gegen den Wert 33 bedeutet, dass er 11 bis 33 würfeln darf, um erfolgreich zu sein. Würfelt er 34 oder höher, scheitert seine Probe.*

Dieser Würfelwurf verrät dir aber nicht nur, *ob* die Probe gelingt, sondern auch *wie gut* sie gelingt: Zähle dafür die Werte der beiden Sechsseiter, so wie sie bei der Probe zu liegen kommen, zusammen. Du erhältst damit den **Erfolgswert** (EW). Er liegt im Bereich 2 bis 12 und ermöglicht es, eine erfolgreiche Probe mit einer anderen zu vergleichen, z.B. Angriff vs. Verteidigung, Lügen vs. Menschenkenntnis, Schleichen vs. Aufmerksamkeit usw. Wer bei seiner (gelungenen) Probe den höheren Erfolgswert aufweist, behält die Oberhand.

Vaerion schafft seine Probe mit „22". Sein Erfolgswert beträgt 4. Mounas Wurf zeigt „35", ihr Erfolgswert beträgt folglich 8. Der Spielleiter stellt die Wahrnehmung des dreiköpfigen Riesen auf die Probe und würfelt „12". Die Probe des Riesen ist damit zwar ge-lungen, doch sein EW ist niedriger als der von Vaerion und Mouna. Der Spielleiter beschreibt daher: „Geschickt schleicht ihr um den Riesen herum und verschwindet unbemerkt im dunklen Inneren von Maerga's Höhle."

D er Erfolgswert einer gelungenen Probe entspricht der Summe der beiden Sechsseiter. Bei einem Kräftemessen gewinnt derjenige mit dem höheren Erfolgswert.

Erfolgswerte im Detail

Sofern die Regeln nichts anderes bestimmen, wird die Qualität eines Erfolgs durch den EW bestimmt. Zuweilen beziehen sich die Regeln aber auch nur auf den größeren oder kleineren der beiden

Würfel. In diesem Fall ist von **EW-g** (großem Erfolgswürfel) und **EW-k** (kleinem Erfolgswürfel) die Rede.

Wenn du bei einer Probe „25" würfelst, hast du einen EW von 7, einen EW-g von 5 und einen EW-k von 2.

Glück und Unglück

Manchmal gelingen Proben besonders gut (Würfelergebnis „11") oder scheitern besonders spektakulär („66"). Die konkreten Auswirkungen legt der Spielleiter fest, wobei er durchaus in die erzählerische Trickkiste greifen kann. Für „11"-er schlagen wir als Zweifelsregel vor, dem glücklichen Charakter den maximal möglichen Erfolgswert zuzugestehen.

Optimistisch und pessimistisch

Zwei Würfelvarianten gibt es noch, die du kennen solltest: Beim sogenannten **optimistischen Würfeln** darfst du das Ergebnis so deuten, dass der niedrigere Sechsseiter bei der Probe (und nicht der dunklere) die Zehnerstelle angibt.

Würfelst du bei einer optimistischen Probe „62", so wird das Ergebnis in „26" umgedeutet. Da es gilt, niedrig zu würfeln, ist diese Deutungsvariante für dich von Vorteil.

Pessimistisches Würfeln funktioniert umgekehrt: Hier stellt der höhere W6 die Zehnerstelle des Resultats dar.

Würfelst du bei einer pessimistischen Probe „15", so lautet das Ergebnis „51".

Du darfst entspannt davon ausgehen, dass normales Würfeln angesagt ist, solange das Regelwerk nicht explizit optimistisches oder pessimistisches Würfeln verlangt. (Letzteres zum Beispiel für Verteidigungswürfe, siehe „Kampf").

Sonstige Würfelwürfe

Für sonstige Würfelwürfe mit sechsseitigen Würfeln, wie sie hin und wieder vorkommen, verwenden wir folgende Abkürzungen:

W3 = Es wird ein sechsseitiger Würfel geworfen. 1-2 wird als „1" interpretiert, 3-4 als „2" und 5-6 als „3".

xW6 = Es werden x sechsseitige Würfel gewürfelt und die Würfelergebnisse zusammengezählt.

xW6 + y = wie oben, aber am Ende wird noch y hinzuaddiert.

x mal W6 = Es wird ein W6 geworfen und das Ergebnis mit x multipliziert.

Optional: Behinderung

Verfängt sich ein Charakter in dichtem Buschwerk oder in einem Netz, stolpert er oder wird er abgelenkt, so schlägt sich das in **Behinderungspunkten** (BEP) nieder. BEP sind kurzfristige (körperliche oder geistige) Beeinträchtigungen, die einmalig den Erfolgswert der nächsten gelungenen Probe verringern und im selben Ausmaß verschwinden. Wir empfehlen, BEP erst ins Spiel zu bringen, wenn alle am Tisch mit den Regeln ausreichend vertraut sind.

In Maergas Höhle gerät Vaerion mit 11 BEP in ein klebriges Netz einer Höhlenspinne. Er versucht sich loszureißen. Der SL verlangt eine Probe auf STÄRKE/NATUR. Vaerions Probe gelingt mit „26", also mit EW 8. Diese 8 Punkte werden aber durch die BEP neutralisiert, d.h. Vaerion konnte sich trotz erfolgreicher Probe nicht losreißen. Er hängt aber immerhin nur noch mit 3 BEP im Netz. Wollen wir hoffen, dass es ihm gelingt, sich bei der nächsten Probe zu befreien - ehe die Höhlenspinne naht!

Konstitution

Dein SC wird im Abenteuer einer großen Anzahl an Gefahren gegenüber treten. Fallen, Feuerbälle, Giftattacken, Riesen und Monster, um nur einige zu nennen, zehren beharrlich an seiner Lebenskraft. Die Energie, die ihn am Leben erhält, nennen wir **Konstitution** (KON). Sie hat bei frisch erschaffenen Spielercharakteren den Wert 15.

Erleidest du Schaden, so verringern **Schadenspunkte**, die der Spielleiter bestimmt, deine Konstitution. Den jeweils aktuellen Stand verzeichnest du auf deinem SC-Dokument.

Rechne mit 1W6 Schadenspunkten durch leichte Verletzungen, 2W6 bei schweren und 3W6 oder mehr bei fatalen Verletzungen.

Fällt die Konstitution **auf oder unter 0**, so verlierst du das Bewusstsein. Fällt sie **auf oder unter -6**, stirbt dein SC. In diesem Fall musst du einen neuen Spielercharakter erschaffen, um weiter am Abenteuer teilzunehmen.

Schadenspunkte reduzieren die Konstitution. Fällt sie auf oder unter 0, verlierst du das Bewusstsein. Fällt sie auf oder unter -6, stirbt dein SC.

Szenenregeneration

Spielercharaktere regenerieren ihre Kräfte am Ende jeder Szene. Den Zeitpunkt des **Szenenwechsels** verkündet der Spielleiter (⊙ 25). Wenn es soweit ist, würfelst du mit zwei W6 und schlägst eines der beiden Würfelergebnisse deiner Konstitution hinzu. Das andere er-

höht deine Destiny-Punkte. (Ihnen widmen wir uns etwas später).

Der Spielleiter verkündet einen Szenenwechsel. Mouna hat 11 von 15 Konstitution-Punkten und 4 von 6 Destiny-Punkten. Sie würfelt für die Regeneration „1" und „5" und verteilt in Anbetracht ihres Zustandes 5 auf ihre KON (diese steigt dadurch auf das Maximum von 15) und 1 auf ihre Destiny-Punkte, die sich dadurch auf 5 regenerieren.

Destiny-Abenteuer sind in Szenen gegliedert. Sobald der Spielleiter einen Szenenwechsel verkündet, wirfst du zwei W6 und schlägst ein Ergebnis deiner Konstitution hinzu, das andere deinen Destiny-Punkten.

Auch durch Heiltränke, Kräuter und längerfristige Erholung kann die Konstitution steigen. So regeneriert sie sich etwa zwischen zwei Abenteuern zur Gänze. Das **KON-Maximum**, also jener Wert, mit dem du das Abenteuer begonnen hast, kann dadurch aber nie überschritten werden. (Er steigt ausschließlich durch Erfahrung, siehe unten).

In Maerna's Höhle wimmelt es nur so vor Fallen. Vaerion fällt in eine Speergrube und erleidet 8 Schadenspunkte. Da er vorher unverletzt war (KON 15) beträgt seine KON nunmehr 7. Glücklicherweise hat Mouna einen Heiltrank dabei, den sie Vaerion überreicht. Der Heiltrank regeneriert (so legt der Spielleiter fest) 10 Punkte, doch Vaerions KON kann nicht über den Ursprungswert steigen. Sie erhöht sich daher auf 15, das Maximum, die restlichen Punkte „verfallen".

Kampf

Kampfrunde

Ob die SCs gegen einen Oger kämpfen, einem Meuchelmörder hinterher hetzen oder in letzter Sekunde eine Hinrichtung verhindern wollen: Wenn es zeitkritisch wird und vielleicht sogar um Leben und Tod geht, verlangsamt der Spielleiter das Geschehen und teilt es in **Kampfrunden** (KR). In einer KR (ca. 3 Sekunden) kann jeder Beteiligte eine Aktion setzen, danach beginnt die nächste KR.

> Zeitliche Einheit im Kampfgeschehen ist die Kampfrunde (KR). Jeder Beteiligte hat pro KR eine Aktion.

Reihenfolge

Die Reihenfolge, in der die Beteiligten agieren, wird nur einmal, zu Beginn des Kampfes, festgelegt, und zwar abhängig von den taktischen Umständen: Gegenlicht, Überraschungsmoment oder Vorteile im Terrain können einer Partei die Initiative, also das Recht zum ersten Schlag, sichern. Im Zweifel sind die Spielercharaktere zuerst an der Reihe.

Vor Vaerion und Mouna springt ein Felsdämon aus der Wand. Aufgrund des Überraschungsmoments erhält er freilich den Erstschlag, d.h. alle Kampfrunden beginnen mit seiner Attacke.

> Taktische Umstände entscheiden zu Kampfbeginn, welche Partei (SCs oder NSCs) in den Kampfrunden zuerst agiert.

Innerhalb einer Partei – SCs bzw. NSCs – gilt gewillkürte Reihenfolge, d.h. die Spieler einigen sich unter einander, wer zuerst agiert, ebenso wie der Spielleiter seine NSCs in beliebiger Reihenfolge aktiv werden lässt.

Aktion und Reaktion

Der Charakter, der gerade an der Reihe ist, wird der Einfachheit halber „Angreifer" genannt. Er nennt seine Aktion und würfelt seine Proben. Wer davon betroffen ist, heißt „Verteidiger". Wichtig: Jeder kann nur einmal pro Kampfrunde Angreifer sein, sehr wohl aber öfters verteidigen müssen!

Nahkampf

Im Nahkampf attackiert der Angreifer einen Gegner in unmittelbarer Nähe mit seiner Waffe. Er würfelt dafür je nach Waffenart auf GESCHICK/KAMPF (Stichwaffen) oder STÄRKE/KAMPF (alle anderen). Gelingt seine Probe, so stehen EW (Erfolgswert) **Trefferpunkte** (TP) im Raum.

Der Felsdämon attackiert Vaerion mit einem KAMPF-Wert von 45 und würfelt „36" - gelungen! Vaerion drohen 9 Trefferpunkte.

Der Verteidiger kann versuchen den Angriff abzuwehren: Auch er würfelt auf STÄRKE/KAMPF (entspricht einer Parade) oder GESCHICK/KAMPF (Ausweichen). Weil ihm aber nur ein Bruchteil von Sekunden für seine Reaktion zur Verfügung steht, würfelt er **pessimistisch**. Dafür darf er, wenn ihm die Probe gelingt, seinen Erfolgswert von den drohenden Trefferpunkten abziehen.

Vaerion reißt sein Schwert hoch, um den Angriff abzuwehren. Er würfelt auf KAMPF (43), und die Würfel zeigen „24". Achtung: Da Verteidigung pessimistisch gewürfelt wird, gilt das als „42"! Glücklicherweise ändert das in unserem Beispiel nichts daran, dass Vaerion erfolgreich pariert hat: Er konnte immerhin 6 von 9 Trefferpunkten abwehren.

Nicht verteidigte Trefferpunkte werden zu Schadenspunkten und verringern die Konstitution des Verteidigers.

Die 3 unverteidigten TP reduzieren Vaerions Konstitution. Sie sinkt von 15 auf 12.

Nahkampf (STÄRKE/KAMPF oder GESCHICK/KAMPF) verursacht EW Trefferpunkte, allerdings kann der Verteidiger mit einer pessimistischen Probe ganz oder teilweise verteidigen.

Fernkampf

Im Fernkampf greift der Angreifer von der Weite mit einer Schuss- oder Wurfwaffe an. Er würfelt dafür auf INTELLIGENZ/KAMPF. Die Probe ist um 1 erschwert, wenn sich das Ziel außerhalb von 10 Metern (Wurfdolch, Wurfaxt) bzw. 20 Metern (Bögen, Armbrüste) befindet.

Extrem kleine Ziele erschweren die Probe noch zusätzlich um 1.

Im Trefferfall erleidet das Ziel EW-g Trefferpunkte, die grundsätzlich unverteidigbar sind (wer sieht schon einen Pfeil oder ein Wurfbeil rechtzeitig heranfliegen?).

Mouna fragt: „Ich werfe meinen Wurfdolch. Wie weit bin ich entfernt?" SL: „Da du voraus geschlichen bist, würde ich meinen, 12 Meter." Mouna: „Alles klar." Mouna würfelt auf INTELLIGENZ (32). Da der Felsdämon mehr als 10 Meter entfernt ist, ist die Probe um 1 erschwert. Mouna muss also 11 bis 22 würfeln, um ihn zu treffen. Sie würfelt „14" - getroffen! - und verursacht 4 (EW-g) Trefferpunkte.

Fernkampfattacken (INTELLIGENZ/KAMPF) sind nach Entfernung und Größe erschwert und verursachen EW-g Trefferpunkte (keine Verteidigung).

Einschüchtern

In Destiny und Destiny-Beginner kann man einen Gegner, der sich in der Nähe befindet, auch besiegen, indem man seine Moral untergräbt, ihn einschüchtert oder verschreckt. Der Angreifer würfelt dafür auf CHARISMA/KAMPF und verursacht im Erfolgsfall EW-g „moralischen Schaden". Dieser wird notiert und aufsummiert. Erreicht oder übertrifft diese

Demoralisierung die aktuelle Konstitution des Gegners, wird er sich ergeben, das Weite suchen o.ä.

Der Felsdämon bäumt sich vor Vaerion auf und brüllt, dass die Höhlenwände zittern. Seine Probe auf KAMPF gelingt ihm mit „34", er verursacht damit 4 Punkte Demoralisierung. Vaerions KON beträgt weiterhin 12, doch die 4 Punkte werden notiert. Sinkt die KON später auf 4 oder darunter, wird Vaerion panisch das Weite suchen.

Einschüchtern (CHARISMA/KAMPF) verursacht EW-g Punkte Demoralisierung (keine Verteidigung). Übersteigt dieser „moralische Schaden" die KON des Gegners, so ist er besiegt.

Demoralisierungspunkte verschwinden (spätestens) beim nächsten Szenenwechsel.

Einsatz der Großen Gabe

Der Einsatz der Großen Gabe ist im Rahmen einer Kampfrunde möglich. Es gelten die im Kapitel „Große Gabe" beschriebenen Regeln.

Sonstige Aktionen

Bei anderen Aktionen, z.B. wenn die SCs einen Heiltrank aus dem Gürtel ziehen und trinken, eine Leiter hinauf klettern oder eilig ein Schloss knacken, entscheidet der Spielleiter, wieviele Kampfrunden dies in Anspruch nimmt und ob und welche Proben dafür zu würfeln sind.

Was Fortbewegung betrifft, geht Destiny-Beginner davon aus, dass Charaktere beim Laufen ca. 20 Meter pro Kampfrunde zurücklegen.

Waffen(los) & Rüstung

In Destiny-Beginner sind alle Waffen gleich effektiv; statte deinen SC einfach mit jener Waffe aus, die stilistisch am besten zu ihm passt.

Vaerion hat einen KAMPF-Wert, der für alle Arten von Kampfhandlungen gilt; er kann jede Waffe gleich effektiv verwenden. Mouna hingegen hat einen besseren Wert in GESCHICK als in STÄRKE und wird daher zu einer Stichwaffe greifen. Beide verursachen mit ihren Waffen aber EW Trefferpunkte.

Wer **waffenlos** attackiert (Schlagen, Raufen, Treten...) würfelt seine Proben auf STÄRKE/KAMPF, verursacht aber nur EW-k Trefferpunkte.

Eine **Rüstung** kannst du tragen, wenn dein primärer Aspekt in KAMPF oder STÄRKE liegt. Sie schützt dich bei jedem Treffer vor 2 Trefferpunkten (sog. Rüstschutz, RS). Dafür musst du allerdings damit rechnen, dass dir der Spielleiter einen Malus von -1 verordnet, wenn es darum geht, deine Beweglichkeit auf die Probe zu stellen.

Auch Monster können Rüstschutz aufweisen. Der Felsdämon z.B. scheint einen ungewöhnlich hohen Rüstschutz zu haben, denn Vaerion und Mouna haben das Gefühl, dass ihre Trefferpunkte kaum „durchdringen", also nicht zu Schadenspunkten werden und damit auch nicht die Konstitution des Felsdämons verringern. Sie müssen sich wohl etwas anderes ausdenken (siehe nächstes Kapitel).

Kreaturen/Kampfwerte

Tiere

Adler: KAM 42, KON 6, EW-g TP, Sturmangriff
Äffchen: KAM 36, KON 2, 1 TP
Bär: KAM 33, KON 45, EW+4 TP
Delfin: KAM 32, KON 23, EW-g TP, Vorteil im Wasser
Echsen: KAM 16, KON 2, 0 TP
Elch: KAM 26, KON 32, EW+1 TP
Eule: KAM 33, KON 5, EW-k TP
Fledermaus: KAM 26, KON 1, 1 TP
Flusspferd: KAM 24, KON 36, EW+3 TP, RS 1, Vorteil im Wasser
Geier: KAM 43, KON 6, EW-g TP
Hai: KAM 36, KON 33, EW+3 TP, RS 1, Vorteil im Wasser
Hirsch: KAM 36, KON 27, EW+1 TP
Hund: KAM 36, KON 9, EW-g TP
Insekten: KAM 26, KON 1, Schwarm
Kamel: KAM 26, KON 21, EW-g TP
Katze: KAM 33, KON 5, 1 TP
Krokodil: KAM 34, KON 18, EW+2 TP, Vorteil im Wasser
Kröte: KAM 16, KON 3, Gift
Löwe: KAM 44, KON 36, EW+2 TP, #AT 2
Nashorn: KAM 33, KON 32, EW+3 TP, RS 1, Sturmangriff
Papagei: KAM 33, KON 3, 1 TP
Pferd, ungezähmt: KAM 26, KON 27, EW TP
Rabe: KAM 31, KON 3, EW-k TP
Ratte: KAM 26, KON 2, 1 TP
Raubkatzen: KAM 52, KON 18, EW+1 TP
Rind: KAM 23, KON 32, EW TP, RS 1
Schakal: KAM 36, KON 9, EW-g TP
Schlange, Gift-: KAM 26, KON 1, Gift
Schlange, Würge-: KAM 43, KON 14, EW TP, Behinderung, Vorteil im Wasser
Wildschwein: KAM 33, KON 15, EW TP
Wolf: KAM 46, KON 10, EW-g TP

Monster

Basilisk: KAM 46, KON 36, EW+2 TP, RS 2, Lähmung/Versteinerung
Drache: KAM 46, KON 90, EW+4 TP, RS 1, #AT:2, Sturmangriff
Einhorn: KAM 51, KON 27, EW+2 TP, Sturmangriff
Feuerelementar: KAM 53, KON 36, EW+2 TP, Feuer
Fleischfressende Pflanze: KAM 33, KON 9, EW TP, Behinderung
Ghul: KAM 44, KON 23, EW+2 TP, #AT: 2, Regeneriert
Goblin: KAM 33, KON 15, EW-g TP
Golem: KAM 46, KON 36, EW+4 TP, RS 2
Greif: KAM 46, KON 45, EW+3 TP, #AT: 2
Harpyie: KAM 52, KON 15, EW-g TP, Sturmangriff
Höllenhund: KAM 42, KON 11, EW+2 TP, #AT 2
Hydra: KAM 36, KON 36, EW+2 TP, #AT: 4
Mantikor: KAM 43, KON 36, EW+2 TP, #AT: 3, Gift
Mumie: KAM 53, KON 27, EW+1 TP, Regeneriert
Oger: KAM 33, KON 41, EW+4 TP
Ork-Krieger: KAM 43, KON 21, EW TP
Quadropus: KAM 33, KON 14, EW-g TP, #AT:3, Vorteil im Wasser
Riesenaffe: KAM 33, KON 27, EW+2 TP
Riesenassel: KAM 36, KON 6, EW-k TP, RS 1
Riesenechse: KAM 46, KON 11, EW-g TP
Riesenfledermaus: KAM 46, KON 9, EW-g TP, Dunkelsicht
Riesenspinne: KAM 36, KON 36, EW TP, #AT:2
Säbelzahntiger: KAM 53, KON 40, EW+5 TP, #AT:2
Sirene: KAM 36, KON 14, Magie, Magieresistenz
Skelett: KAM 36, KON 15, EW-g, RS 2, Regeneriert
Werwolf: KAM 43, KON 27, EW+1 TP, #AT:2
Wraith: KAM 36, KON 18, EW TP, #AT:2, Magie, Vampir
Wyrm: KAM 44, KON 23, EW TP

Beispielgegner

Bandit: KAM 33, KON 10, EW-g TP
Pöbel: KAM 31, KON 9, EW-g TP
Ritter: KAM 43, KON 18, EW TP, RS 2
Wache: KAM 36, KON 15, EW TP

Die angeführten Besonderheiten sind in Destiny-Beginner nach Ermessen auszugestalten oder zu ignorieren. Sie werden in Destiny näher ausgeführt und sind hier nur der Vollständigkeit halber angegeben.

Die Große Gabe

In Destiny-Beginner haben alle Spielercharaktere im Rahmen ihres primären Aspekts die Möglichkeit, besondere Fähigkeiten ins Spiel zu bringen. Wir bezeichnen das als die *Große Gabe* und meinen damit etwa klassische Zaubersprüche wie Feuerball und Teleport, aber auch das Entwaffnen eines Gegners, das Herbeirufen eines Tieres oder das Sehen in völliger Dunkelheit - kurzum, alle Fähigkeiten, die den Charakter besonders und einzigartig machen.

Vaerion hat die Große Gabe im Bereich KAMPF, *Mouna im Bereich* GESCHICK *usw.*

Zu welchen Effekten die Große Gabe konkret befähigt, wird nicht im Vorhinein definiert. Vielmehr entscheidest du während des Spiels, ob, wie und wofür du sie einsetzt. Lass dich dabei von deiner Kreativität und Fantasie inspirieren!

Mouna kann alles tun, was sie sich von einer Diebin mit GESCHICK *erwartet: Schlösser knacken, unhörbar schleichen, über ein Seil balancieren, Fallen entschärfen u.v.a.*

Natürlich hat die Große Gabe Grenzen: Zum einen ist sie an den primären Aspekt gebunden.

Käme Mouna etwa auf die Idee, einen Feuerball zu zaubern, so würde der Spielleiter wohl entscheiden, dass dies nichts mit GESCHICK *zu tun hat und daher auch mit der Großen Gabe* GESCHICK *nicht verwirklicht werden kann.*

Zum anderen werden drei Mächtigkeitsgrade unterschieden, in die der Spielleiter den gewünschten Effekt einordnet. Er kann aber auch befinden, dass dein Effekt jenseits dieser drei Mächtigkeitsgrade liegt und somit nicht verwirklicht werden kann.

So zum Beispiel wenn jemand seine Große Gabe STÄRKE *verwenden wollte, um eine Insel an Land zu schieben. Derartiges sollte Halbgöttern und Göttern vorbehalten bleiben.*

Handlungen, die theoretisch jedem SC gelingen können, erfordern nicht den Einsatz der Großen Gabe (siehe exemplarische Szene Seite 7).

Rassen und Völker

Gehört der SC einer besonderen Rasse an, wie z.B. Elfen oder Zwergen, so werden auch deren „angeborene" Fähigkeiten über die Große Gabe ins Spiel gebracht. Der SC kann sie nutzen, sofern sie unter seinen primären Aspekt fallen.

Ein Elf, der INTELLIGENZ *als primären Aspekt besitzt, könnte mit seiner Großen Gabe durchaus in typisch elfischer Manier mehrere Pfeile gleichzeitig abschießen. Er wird allerdings nicht, wie anderen Elfen, mit Tieren sprechen können, zumal dies unter* CHARISMA *fällt.*

Die Große Gabe ermöglicht Charakteren den Einsatz besonderer Fähigkeiten. Die Wirkung ist auf den primären Aspekt beschränkt und im Einvernehmen mit dem Spielleiter zu definieren, der dann auch den Grad festlegt.

Destiny-Punkte

Angewendet wird die Große Gabe durch den Einsatz von **Destiny-Punkten** (DP). Ein SC weist zu Beginn eines Abenteuers immer so viele DP auf wie seine Stufe beträgt. Kleiner Vorgriff: Bei frisch erschaffenen Charakteren sind das 6 Destiny-Punkte (siehe Kapitel „Erfahrung").

Durch den Einsatz der Großen Gabe sinken die Destiny-Punkte, am Beginn einer neuen Szene steigen sie wieder: Sobald der Spielleiter einen **Szenenwechsel** verkündet (◉ 25), würfelst du mit zwei W6 und schlägst eines der beiden Würfelergebnisse deinen Destiny-Punkten hinzu. Das andere erhöht deine Konstitution. Auch die Destiny-Punkte können auf diese Weise nicht über ihren Ursprungswert steigen).

Mächtigkeit und Wirkungsgrade

Um die Große Gabe einzusetzen, beschreibst du zunächst die beabsichtigte Wirkung, und der Spielleiter ordnet dieser einen **Grad von 1 bis 3** zu. Ist die Wirkung in Punkten bezifferbar (Schaden, Konstitution, Behinderung etc.), so gilt die unten angeführte Tabelle, andernfalls beurteilt der Spielleiter den Effekt „aus dem Bauch heraus" als hilfreich, wirkungsvoll oder dramatisch (◉ 26).

Die Entscheidung über den Grad bestimmt, wieviele Destiny-Punkte du dafür aufwenden musst. Wenn du zu wenige Destiny-Punkte übrig hast oder dir der Effekt zu aufwändig scheint, kannst du es dir noch anders überlegen.

Effekt	hilfreich	wirkungsvoll	dramatisch
Grad	**1**	**2**	**3**
Punkte	EW-g (1W6)	EW + W6 (3W6)	EW+3W6 (5W6)
DP	1	3	5

Probe

Der Einsatz der Großen Gabe erfordert eine Probe auf den primären Aspekt. Nur wenn sie gelingt, kommt auch der Effekt zu Stande. Dein SC muss sich aber in jedem Fall die geforderten Destiny-Punkte abstreichen.

Der Einsatz der Großen Gabe hängt vom Gelingen einer Probe ab und kostet in jedem Fall - ob gelungen oder misslungen - Destiny-Punkte.

Beispiele

Beispiel 1: Da der Felsdämon gegen normale Attacken immun zu sein scheint, setzt Vaerion seine KAMPF-Gabe im 3. Grad ein (was ihn 5 Destiny-Punkte kostet). Sein spezieller Angriff verursacht 5W6 unvermeidliche Schadenspunkte - vorausgesetzt, Vaerion gelingt die Probe. Er würfelt auf seinen KAMPF-Wert - „41" - gelungen! Die Klinge dringt mit 5 + 3W6 Schadenspunkten tief in den Leib der Kreatur ein. Das lässt selbst den Felsdämon nicht kalt!

Beispiel 2: Die Spieler bekommen Besuch von einer Freundin, die kurz entschlossen mitspielt. Erschaffen wird die Magierin Navarah (primärer Aspekt MAGIE), die zufälligerweise ebenfalls in Maerga's Höhle umher schleicht und sich den anderen anschließt. Man gelangt zu einer Kaverne voll giftigem Nebel. Navarah hebt die Arme und spricht magische Worte. Zum Spielleiter gewandt: „Ich setze meine Große Gabe in MAGIE ein und teile den Nebel, so dass ein Pfad entsteht, dem wir unversehrt folgen können." Der Spielleiter nickt und sagt: „Das ist ein Effekt 2. Grades." Navarah muss also 3 DP einsetzen. Leider scheitert ihre Probe. Sie verliert 3 DP, am Nebel ändert sich aber nichts.

Beispiel 3: Vaerion: „Wenn wir nur wüssten, wo der Ausgang ist, dann könnten wir die Luft anhalten und durchlaufen." Mouna: „Dann werd' ich mir das mal ansehen." Zum Spielleiter gewandt: „Reicht der Nebel bis zur Decke?" SL: „Nein, er liegt ca. 4 Meter dick über dem Boden, aber darüber ist noch ein knapper Meter nebelfrei." Mouna: „Gut. Ich setze meine Große Gabe in GESCHICK ein und klettere wie eine Spinne an der Decke." SL: „Das ist ebenfalls ein Effekt 2. Grades." Mouna würfelt die Probe, und sie gelingt. Sie

verliert 3 DP und grinst. „Wow, was für eine Aussicht von hier oben!" Vaerion: „Ich kann gar nicht hinsehen..." Navarah: „Warte! Ich spreche noch einen kleinen Schutzzauber über dich, falls dich da oben irgendetwas anfällt." Zum SL gewandt: „Ich habe noch 1 DP, was kann ich damit tun?" SL: „Damit kannst du Mouna immerhin eine schützende Aura im Wert von EW-g Punkten angedeihen lassen." Navarah würfelt, die Probe gelingt mit „25". „Alles klar, du bist vor den nächsten 5 Schadenspunkten geschützt." Mouna bedankt sich und krabbelt davon.

Einige „klassische" Effekte

Die folgenden Effekte sind als Beispiele gedacht. Fühle dich dadurch nicht darin beschränkt, weitere zu erfinden!

Charisma: Suggestion, Hypnose, mit Geistern sprechen, Inspirieren, Segnen, Furcht einflößen

Stärke: übernatürliche Kraftakte, Resistenz gegen Gifte und Krankheiten, ungeahnte Kraftreserven

Geschick: Spinnenklettern, laufen wie der Wind, Schlösser öffnen, Gegenstände tauschen oder verschwinden lassen

Intelligenz: Witterung aufnehmen, im Dunkeln sehen, perfektes Gedächtnis, Eingebungen, Visionen

Natur: Tiere rufen oder beherrschen, Sprache der Tiere, seltene Pflanzen über Geruch finden, unter Wasser atmen, Terrain nutzen

Gesellschaft: Zugang zu Schattenwaren und Informationen, fremde Sprachen sprechen, Schriften entziffern, Gedanken lesen

Kampf: Rundumschlag, stärkere Attacken, Kampfakrobatik, Entwaffnen

Magie: Feuerball, Schutzzauber, Paralysieren, Teleport, Telekinese, Illusionen

Erfahrung

Die Erfahrung eines Spielercharakters kann an seiner Stufe abgelesen werden. Frisch erschaffene SCs haben von vornherein Stufe 6, um vom ersten Abenteuer an bereits ein Quäntchen fähiger zu sein als „normale" Menschen.

> Die Erfahrung eines Spielercharakters kann an seiner Stufe abgelesen werden. Frisch erschaffene SCs starten mit Stufe 6.

Questpunkte

Damit sich SCs weiter entwickeln, erhalten sie vom Spielleiter am Ende jedes Abenteuers **Questpunkte** (QP) verliehen. Je nach „Abenteuerdichte" können das 5, 10, vielleicht sogar 15 QP sein.

Sobald du doppelt so viele Questpunkte gesammelt hast wie deine aktuelle Stufe beträgt, verschwinden diese Questpunkte, und dein Charakter steigt auf die nächsthöhere Stufe.

Um von Stufe 6 auf Stufe 7 zu steigen, brauchst du 6 x 2 = 12 QP. Hattest du vorher 5 QP und bekommst nun 10 QP, so bleiben dir nach der Steigerung 3 QP übrig. Um dann von Stufe 7 auf Stufe 8 zu steigen, benötigst du in Summe 14 QP, von Stufe 8 auf Stufe 9 sind es 16 QP usw.

Stufenanstieg

Bei Erreichen einer neuen Stufe kannst du wählen:
♦ Entweder du erhöhst einen deiner vier Aspekte um 1 Punkt. Bedenke, dass wir uns im Wertefeld des W66 bewegen (vgl. Seite 10), d.h. wenn du beispielsweise einen Wert von 36 um 1 steigerst, ergibt das 41, weil Werte von 37 bis 40 nicht auf dem W66 abgebildet werden.
♦ Oder du erhöhst deine Konstitution um 4 Punkte.
♦ Vergiss nicht, dass mit deiner Stufe auch deine Destiny-Punkte steigen!

> Tausche doppelt so viele Questpunkte, wie deine derzeitige Stufe beträgt, gegen einen Stufenanstieg ein. Erhöhe dabei entweder einen deiner vier Aspekte um 1 Punkt oder deine Konstitution um 4 Punkte.

Hinweise für den Spielleiter

Wenn du dieses Kapitel liest, ist die Wahl des Spielleiters auf dich gefallen, oder du interessierst dich zumindest dafür. In beiden Fällen: Herzlichen Glückwunsch! Spielleiter zu sein ist eine Herausforderung eigener Art, die mit nichts anderem zu vergleichen ist und große Freude und Befriedigung bringen kann.

Spielleiter-Sein bedeutet, das Abenteuer so zu inszenieren, dass alle möglichst viel Freude daran haben.

Allgemein

Als Spielleiter kontrollierst du alle Vorgänge und Elemente der Spielwelt mit Ausnahme der Worte und Taten der Spielercharaktere (die sind Sache der Spieler). Du lässt Tiere und Monster erscheinen, beschreibst Örtlichkeiten, ja sogar Wind und Wetter. Vor allem aber bestimmst du, was NSCs tun und sagen und wie sie auf die SCs reagieren.

*Spieler A: „Ich packe den Wirt am Kragen."
SL: „Drei Gäste springen von ihrem Tisch auf." Spieler B: „Wollen sie etwa gehen?" SL: „Nein, sie kommen dem Wirt zu Hilfe." ...*

Indem du schilderst, was die SCs sehen und hören, bist du ihre Augen und Ohren in der Spielwelt. Wenn die Spieler mehr wissen wollen, werden sie dir durch Fragen weitere Details entlocken.

Woher aber weißt du, was geschieht, wenn die SCs den Wirt am Kragen packen, wieviele Freunde er in der Taverne hat und wie stark diese sind?

Zu deinen Informationsquellen zählen das Abenteuer, die Gesetze der Spielwelt, die Regeln, weiters deine Fantasie, dein Sinn für Logik und Drama sowie die Würfel. Sie kannst du immer dann befragen, wenn Zufall ins Spiel kommen soll.

Storytelling

Mit dem Abenteuer solltest du gut vertraut sein. Unabhängig davon, ob du es selbst geschrieben hast oder ein vorgefertigtes Szenario verwendest, bist du derjenige, der es so inszeniert, dass die Spieler größtmöglichen Spaß daran haben. Dazu gehört aber ein souveräner Überblick über Örtlichkeiten, Persönlichkeiten und Handlungsverlauf.

Spaß kann heißen Spannung, interessante Geschichten, taktische Kämpfe, Rätsel, Humor usw. Versuche herauszufinden, was deinen Spielern Spaß macht, dann weißt du auch, wie das Abenteuer beschaffen sein muss, damit es seinen Zweck erfüllt.

Weichen die Spieler vom Abenteuerplan ab (was keine Seltenheit ist), so ist es deine Aufgabe, beide wieder zusammen zu führen, z.B. indem du die Spieler subtil zurück auf Kurs bringst oder den Plot spontan umgestaltest. Oft wird es wohl eine Mischung aus beidem werden.

Darüber hinaus denkst du dir Konsequenzen für die Handlungen der SCs aus. Dadurch bleibt das Setting lebendig und die Geschichte spannend. Das Wechselspiel zwischen dir und den Spielern garantiert, dass keiner von euch im Vorhinein weiß, wie das Abenteuer ausgeht.

Struktur

Als Spielleiter gibst du der interaktiven Geschichte Struktur. Du lenkst den Fokus auf jene Teile, in denen die Spieler wichtige Entscheidungen zu treffen und Aufgaben zu lösen haben. Soll sich der Fokus ändern (weil alles erledigt ist oder allen langweilig wird), leitest du sanft zur nächsten Szene über und beeinflusst so Verlauf und Tempo der Geschichte. Dazu gehört auch, die Uhrzeit im Auge zu behalten.

Musst du das Abenteuer mitten im Finale unterbrechen, weil sonst keiner mehr die letzte U-Bahn erreicht, so ist ein großer Teil der Stimmung dahin.

NSCs

Der Spielleiter verkörpert alle Nicht-Spieler-Charaktere, die den SCs im Abenteuer begegnen: vom fahrenden Händler über den bösen Zauberer, Monster und Drachen, bis hin zum namenlosen Gassenjungen, den die SCs für einen kleinen Auftrag bezahlen. Du weißt (oder bestimmst spontan), wie die NSCs aussehen, wie sie den SCs gegenüber eingestellt sind und wie sie auf sie reagieren.

Regeln

Da das Regelwerk nicht jede erdenkliche Situation abbilden kann, müssen die Regeln ab und an interpretiert oder analog angewendet werden. In solchen Situationen ist es an dir, zu entscheiden, wann welche Regel wie angewendet werden soll.

Natürlich muss in Regelfragen irgendjemand das letzte Wort haben, und gewiss ist dieses bei dir gut aufgehoben. Wir wollen dich aber dennoch ermuntern, Regelfragen nicht diktatorisch, sondern im Einvernehmen mit den Spielern zu lösen. Betrachte hier vor allem solche, die mit dem Regelwerk bereits Erfahrung haben, als Verbündete.

Weitere Kurztipps

Entwickle eine Geschichte. Verbinde die Szenen zu einer logischen, möglichst interessanten Handlung.

Gib den Spielern Freiraum. Notfalls schaffe die Illusion, dass sie die Ereignisse beeinflussen können. Degradiere sie keinesfalls zu Zuhörern oder Statisten.

Mach es spannend. Schaffe Spannung durch brenzlige Situationen, unerwartete Wendungen und gefährliche Kämpfe.

Fordere die Spieler. Am Ende sollten sie das Gefühl haben, etwas Herausragendes vollbracht zu haben.

Die Faszination des Spielleitens

Spielleiten mag mit mehr Aufwand und Verantwortung verbunden sein, aber es bedeutet auch mehr Einfluss auf das Geschehen. Es beschert einem enthusiastische Freude beim Vorbereiten des Abenteuers und große Abwechslung durch das Verkörpern verschiedenster Charaktere. Gelingt es dir dann auch noch, dass jeder ein Stück dessen erhält, weswegen er überhaupt zum Spielen gekommen ist, dann wirst du wissen, warum sich Spielleiten so richtig gut anfühlen kann.

Und keine Sorge: Solange du darauf abzielst, dass alle ihren Spaß haben, kannst du als SL vieles richtig, aber wenig falsch machen. Sei also entspannt. Nimm dich selbst und das Abenteuer (und all die gut gemeinten Tipps hier) nicht zu ernst. Experimentiere einfach und genieße!

Abenteuergestaltung

Nach dem Aufruf zu Spontaneität und Flexibilität im vorigen Kapitel mag es auf den ersten Blick paradox erscheinen, dem Abenteuerdesign einen ganzen Abschnitt zu widmen. Im Grunde genommen ist aber ein Abenteuerplan nichts anderes als „vorbereitete Spontaneität".

Weniger ist mehr. Konzentriere dich auf 1-2 stilgebende Elemente und versuche nicht, alle Ideen, die du hast, in einem einzigen Abenteuer umzusetzen. Sorge lieber dafür, dass es ausreichend Konflikte und widerstreitende Parteien gibt. Konflikt ist das Salz in der Suppe jeder Geschichte!

Wenn die SCs von Lys Marrah nach Ras Korgoth reisen und auf dem Weg eine alte Ruine plündern, ist das nur halb so spannend, wie wenn eine zweite Abenteurergruppe vor Ort ist, um ebenfalls Schätze zu erbeuten, und sich dann auch noch der Baron einmischt.

Starke Motivation. Abenteuer begeistern die Spieler vor allem dann, wenn sie einen direkten Bezug zur Vorgeschichte ihres SC haben. Ermuntere die Spieler gleich bei der Erschaffung, ihre SCs mit Vorgeschichten auszustatten, an die du bei Gelegenheit anknüpfen kannst.

So könnte z.B. die verschollene Schwester eines der SCs aufgetaucht sein, oder die Burg des Vaters eines der SCs wird angegriffen.

Kulissen. Inspiriere die Vorstellungskraft der Spieler, indem du interessante Örtlichkeiten einbaust.

Eine Burg im Fluss, ein Tempel hinter einem Wasserfall, ein Dorf im Schatten einer Felsnadel machen mehr her als ein gewöhnlicher Weiler oder die x-te Burg am Hügel.

Örtlichkeiten, die an den SCs nur „am Rande vorüber ziehen", verdienen in der Vorbereitung nicht mehr als 2-3 Stichwörter. Solche, die bedeutsam sind, an denen z.B. die große Schlacht oder eine wichtige Spurensuche stattfindet, solltest du dafür im Detail planen, wenn möglich sogar vorzeichnen.

Begrenzter Schauplatz. Die beste Vorbereitung nützt nichts, wenn die SCs am Ort der Handlung vorbei marschieren. Deshalb zwei Tipps:

1. Verschleiere nicht, wo die Handlung stattfindet. „Dort, jenseits der Berge, findet Ihr den Tempel!" macht sich gut im Film, doch im Spiel irren die SCs „dort" schlimmstenfalls wochenlang umher.

2. Schaffe einen abgegrenzten Schauplatz, in dem dir die Spieler nicht so einfach „davon laufen" können. Es ist auch immer gut, SCs und NSCs nahe beisammen zu haben, um sie schnell auf einander reagieren lassen zu können.

Geeignet sind z.B. Täler, Inseln, Dörfer oder ein Schiff. Der Klassiker ist aber der „Dungeon", ein abgeschlossenes System von Katakomben, Kavernen, Schächten oder Stollen.

Abwechslung. Baue verschiedenste Arten von Herausforderungen in dein Abenteuer ein, nicht zuletzt, um möglichst viele Spieler mit ihren Lieblingselementen zu begeistern.

Gängige Elemente sind Kämpfe, taktische Szenarien, Rätsel, Fallen und Hindernisse, Überreden oder Überlisten von NSCs und moralische Entscheidungen.

Struktur. Schon seit der Antike gibt es in der Kunst des Geschichtenerzählens Strukturen, die - mehr oder weniger - auf das Konzept eines Rollenspielabenteuers übertragen werden können:

♦ Prolog: möglichst kurz, macht das Thema der Geschichte deutlich und schafft die Motivation der SCs. Im Rollenspiel dient er auch oft zum „Warmspielen".

♦ Abenteuer im engeren Sinn: Die Szenen sollten inhaltlich und vom Tempo möglichst unterschiedlich ausfallen.

♦ Höhepunkt: die ultimative Herausforderung, das große Rätsel, der große Gegner, die schwere Entscheidung.

♦ Epilog: kurz, beantwortet offene Fragen, belohnt SCs und verteilt QP.

Szenenfolge. Es gibt zwei Arten, wie Abenteuer-Szenen auf einander folgen.

1. Bestimmte Reihenfolge. Diese Variante gleicht einem Drehbuch, mit dem man höchst ausgefeilte Geschichten erzählen kann. Folgen die SCs aber nicht dem roten Faden (und damit musst du immer rechnen!), hast du als SL um so mehr Mühe, sie wieder „auf Kurs" zu bringen - etwas, das die Spieler in der Regel nicht so gerne mögen, d.h. wenn es ihnen bewusst ist. Hier ist also Subtilität gefragt.

Der Abenteuerplan sieht vor, dass die SCs eine Krone finden und sie dem Bruder und mutmaßlichen Thronfolger übergeben. Danach stellt sich heraus, dass dieser der Bösewicht ist und die SCs ihm die Krone wieder abjagen müssen. - Im Spiel finden die SCs die Krone, doch sie entscheiden sich dafür, sie

dem Bruder nicht zu übergeben, ehe er ihnen nicht beweist, dass er der legitime Thronfolger ist. Was nun??

2. Beliebige Reihenfolge. Hier treffen die Szenen relativ unabhängig auf einander, je nachdem, wie die SCs sie in Angriff nehmen, z.B. bei ortsgebundenen Szenen in der Reihenfolge, in der sie die Schauplätze aufsuchen. Diese Variante gibt den Spielern mehr Spielraum, ist für dich aber schwerer zu einem Handlungsfaden mit Spannungsbogen und Höhepunkt zu verbinden.

Die SCs sollen dem Thronfolger zum Thron verhelfen, indem sie beim Wasserfall die Krone aus dem Hort des Drachen bergen, in der Stadt den Einfluss des bösen Bruders brechen und in der Ruine einen Fluch lösen, der den Geist des alten Königs bindet.

Überlege dir außerdem bei kritischen Szenen, was geschieht, wenn die SCs scheitern oder nicht weiter kommen. Sackgassen und Pattsituationen solltest du um jeden Preis vermeiden.

Kampagne. Du kannst die Funktion des Spielleiters nach einem Abenteuer an einen anderen Spieler abgeben oder aber eine ganze Serie von Abenteuern leiten. Ist die Handlung dieser Abenteuer miteinander verbunden, spricht man von einer *Kampagne*. Kampagnen geben dir mehr Zeit, eine komplexe Geschichte zu entwickeln und auf die Handlungen der SCs einzugehen. Kampagnen verhalten sich zu Abenteuern ähnlich wie TV-Serien zu Filmen. Entscheide selbst, welches „Format" dir und deiner Runde besser gefällt, oder spiel einfach drauf los und lass dich überraschen!

Destiny-Beginner im Detail

Szenenwechsel

Da die SCs in Destiny-Beginner bei jedem Szenenwechsel regenerieren, wollen wir dir nicht vorenthalten, was wir uns unter einer **Szene** vorstellen:

> Eine Szene ist ein Teil des Abenteuers, in dem die Spieler eine bestimmte Aufgabe lösen sollen, ohne dass sich Zeit und Ort wesentlich ändern.

Diese Definition soll nur eine Hilfestellung sein, das Abenteuer bewusst zu gliedern. In Destiny-Abenteuern werden Szenenwechsel durch das Vorhang-Symbol 🎭 vorgeschlagen.

Eine mögliche szenische Gliederung: Die SCs bestechen einen Eingeweihten, sie zum Tempel zu führen. 🎭 Hier lösen sie ein Rätsel, um ein Portal zu öffnen. Dahinter befinden sich 4 zu bekämpfende Skelette. 🎭 Auf der Treppe nach unten hört man warnende Stimmen. Im Keller wartet schon ein untoter Oger darauf, besiegt oder überlistet zu werden. 🎭 ...

Durch Szenenwechsel kannst du den Schwierigkeitsgrad des Abenteuers steuern: Viele (kurze) Szenen bedingen häufigeres Regenerieren und damit größere Kraftreserven für das Finale. Wenige (längere) Szenen bedeuten, dass die SCs mit ihrer KON und ihren DP verstärkt haushalten müssen.

Letztlich ist es die Entscheidung des Spielleiters als „improvisierender Dramaturg", wann eine Szene endet und eine neue beginnt. Wir empfehlen übrigens einen Gong, ein Glockenspiel oder ein ähnliches Signal zu verwenden.

Proben

Dem Spielleiter könnten sich folgende Fragen zum Thema Proben stellen:

Wann sind Proben zu würfeln? Wenn der Ausgang ungewiss ist und die Aktion von Bedeutung ist. Insofern ist eine Probe wie ein Spotlight. Im Zweifel verlange weniger Proben; die Spieler mögen es ohnehin, wenn ihre Aktionen ohne Würfelwurf gelingen.

Welche Aspekte werden auf die Probe gestellt? Du nennst aus jedem Aspekte-Set einen, von dem du meinst, er sei der wichtigste für das Gelingen der Aktion. Für Zweifelsfälle bieten wir dir die „von unten nach oben"-Rangfolge an: MAGIE vor KAMPF, KAMPF vor GESELLSCHAFT, GESELLSCHAFT vor NATUR, und erst wenn diese drei nicht so recht passen wollen, wähle NATUR. Genauso könnte INTELLIGENZ Vorrang haben vor GESCHICK, GESCHICK vor STÄRKE und STÄRKE vor CHARISMA.

Wie schwer soll die Probe sein? Normale Proben sind angebracht, wenn das Wort „anspruchsvoll" passt. Wenn etwas leichter als „anspruchsvoll" ist, vergib einen Bonus (oder verzichte überhaupt auf die Probe), bei erschwerenden Umständen veranschlage einen Malus.

Welche Folgen hat eine misslungene Probe? Welche immer du bestimmst. Wichtig ist, *dass* das Misslingen eine Folge nach sich zieht, z.B. Verlust von Zeit oder einer günstigen Gelegenheit, Schaden, Erschöpfung, Behinderung. Kann die Probe wiederholt werden, so bietet sich ein kumulativer Malus an.

Die Große Gabe

Grad. Die Daumenregel, nach der du vermutlich schon gesucht hast: Der vom Spieler angestrebte Effekt hat im Zweifelsfall Grad 2. Grad 1 ist für „kleine, aber feine" Vorteile reserviert, und Grad 3 für Effekte, die „das Ruder herumreißen".

Effekt	hilfreich	wirkungs-voll	dramatisch
Grad	1	2	3
Punkte	EW-g (1W6)	EW + W6 (3W6)	EW+3W6 (5W6)
DP	1	3	5

Verstärken. Die Große Gabe muss nicht isoliert eingesetzt, sondern kann auch mit einer (regulären) Aktion kombiniert werden. Decken sich die Proben-Aspekte, so kann beides mit einer einzigen Probe bewirkt werden. Die Punkte laut Tabelle sind dann als Bonus auf den Erfolgswert zu verstehen.

(1) Navarah wirft einen magischen Strahl (Grad 1) auf einen Gegner. (2) Ashantu wirft einen Dolch, der sich in eine giftige Schlange verwandeln soll (Grad 1). (1) ist ein Fall von Nur-Große Gabe. Navarah verursacht daher EW-g Schaden. (2) kombiniert eine reguläre Aktion (Dolchwurf) mit der großen Gabe. Ashantu würfelt auf KAMPF *für den Wurf und dann auf* MAGIE *für die Verwandlung in die Schlange. Die erste Probe bewirkt reguläre EW-g Trefferpunkte, die zweite erhöht den Schaden um EW-g Schadenspunkte.*

Wirkungsdauer. Effekte, die mit der Großen Gabe bewirkt werden, währen im Zweifel bis zum Ende der Szene.

Nicht-Spieler-Charaktere

Werteprofil. In Destiny-Beginner ist es denkbar einfach, NSCs mit Werten auszustatten. Wähle - wie bei der Erschaffung von SCs - das passende Aspekte-Set und lege die Werte innerhalb des Wertebereichs des W66 fest.

61-66	*legendär*
51-56	*Veteran, Experte*
41-46	*erfahren, Meister*
31-36	*durchschnittlich*
21-26	*armselig*
11-16	*behindert, infirm*

Besondere Fähigkeiten. Soll ein NSC besondere Fähigkeiten aufweisen, gib ihm einfach in einem seiner Aspekte die Große Gabe und verfahre damit wie folgt:

♦ NSCs haben keine Destiny-Punkte. Sie „bezahlen" den Einsatz ihrer Großen Gabe mit Konstitution-Punkten.

♦ NSCs können ihre Große Gabe so oft einsetzen, bis sie mehr als die Hälfte ihrer KON dafür aufgewendet haben.

♦ NSCs dürfen ihre Probe zum Einsatz der Großen Gabe optimistisch würfeln, wenn sie sich dafür [Grad + 1] Kampfrunden Zeit nehmen.

Tot oder lebendig. Die für die SCs geltende Schwelle des Todes gilt für NSCs nicht. NSCs gelten der Einfachheit halber als „ausgeschaltet", wenn ihre KON auf oder unter 0 fällt.

Details

Für weitere Details empfehlen wir dir das Regelwerk "Destiny", doch vorerst bist du bestens gewappnet, deine Spieler in ihr erstes Abenteuer zu führen. Lass uns also gemeinsam Lys Marrah erkunden und im nächsten Kapitel mysteriöse Persönlichkeiten, antike Stätten und widerstreitende Völker kennen lernen!

Lys Marrah

Lys Marrah liegt am Ufer des langen Flusses *Marbarus*, flankiert von den zerklüfteten *Felsen von Arakhar*, bedroht von den *Schwarzen Sümpfen*, die der Stadt von Süden her entgegen kriechen, und nahe *Voron's Wald* im Norden. Obgleich im ständigen Kampf gegen die große Wildnis von *Norild*, ist Lys Marrah bevölkert wie keine andere Siedlung. Über ihre alten Kopfsteinpflaster wandern Menschen, Elfen, Zwerge und Gnome, und des Nachts schleichen angeblich noch ganz andere Kreaturen umher, doch das hält wagemutige Abenteurer, Händler und Schatzsucher nicht davon ab, hier ihr Glück zu suchen.

Lys Marrah ist eine Stadt in der weit entfernten Wildnis von Norild. Sie wird von Vertretern aller Herren Länder bevölkert und gilt als Ort, an dem man Abenteuer bestehen und sein Glück finden kann.

Die Ewige Dunkelheit

Als die Siedler von *Vaern* die Stadt entdeckten, lag noch die Ewige Dunkelheit wie ein riesiges Spinnennetz über ihren Ruinen. Einem dichten Schatten gleich, schützte sie abscheuliche Kreaturen vor dem Licht der Sonne, sodass diese ungehindert auf Lys Marrahs Straßen wandeln konnten. Man sollte meinen, kein vernünftiges Wesen würde sich an einem solchen Ort niederlassen wollen, doch die Sehnsucht der Siedler nach einer befestigten Heimat und die Verheißung von Schätzen aus den ersten Tagen

der Stadt waren größer als Furcht und Aberglauben. Tapfer kämpften die Siedler über ein Jahr zwischen den Ruinen gegen Monster und Chimären, nur um am Ende einzusehen, dass sich die Stadt nicht erobern ließ – zumindest nicht, solange die Ewige Dunkelheit währte.

So wandten sie sich an die *Magier von Istrith*, die großes Interesse an der sagenumwobenen Bibliothek von Lys Marrah hatten und sich nicht lange bitten ließen. Ein entsprechender Pakt wurde besiegelt, und schon gingen die Magier, beschützt von Siedlern, die bis an die Zähne bewaffnet waren, an die Arbeit. Überall in der Stadt installierten sie magische Laternen, die die Ewige Dunkelheit verdrängten und dafür sorgen würden, dass das Licht der Sonne wieder den Boden der Stadt erreichte.

Mit der Ewigen Dunkelheit schwanden auch die finsteren Kreaturen von einst, flüchteten in verfallene Bauwerke, Friedhöfe, alte Gärten, Keller und Kanäle. Seitdem finden sie zwar immer wieder vereinzelt Wege aus der Unterstadt, doch die meisten wurden damals vernichtet oder eingeschlossen, auf dass ihnen Mangel aller Art den Garaus bereitete.

Anschließend riefen die Siedler das neue Lys Marrah aus. Schätze, die sie bei der Monsterhatz gefunden hatten, wurden dazu verwendet, verzierte Häuser zu bauen, ein weitläufiges Forum zu errichten, Gärten zum Lustwandeln anzulegen und dem Sonnengott *Skoën* sowie der

Mondgöttin *Vinith* gloriose Heiligtümer zu schenken.

Die Ewige Dunkelheit verbarg Lys Marrah für lange Zeit, ehe sie von den Magiern von Istrith und ihren magischen Laternen zurückgedrängt wurde. Alle Monster, die sich zuvor dort gesuhlt hatten, zogen sich in die Unterstadt zurück.

Der Tempel des Schlafenden Gottes

Bereits die ersten Gelehrten wussten aus den Schriften der Bibliothek, dass Lys Marrah in der alten Sprache so viel bedeutete wie "Stadt des Schlafenden Gottes". Doch erst als ein Teil des Hügels abgetragen wurde, kamen die Gewölbe zum Vorschein, die heute als *Tempel des Schlafenden Gottes* bezeichnet werden und über einen schmalen, lichtlosen Zugang erreichbar sind. Allerdings betritt das Gewölbe niemand ohne guten Grund, denn in seinen ehrfurchtgebietenden Säulen ruhen – eingegossen in Kristall, so hart wie Diamant – zwei Dutzend untote Krieger. Die Schriften verheißen ihr Erwachen in jenem Augenblick, da auch ihr Gott erweckt wird.

Derselbe ruht, unberührt von jeglichem Verfall, in einem Sarkophag aus Obsidian im hinteren Teil der Anlage. Diejenigen, die einen Blick auf ihn werfen konnten, erzählten von einer übermenschlich großen, androgynen Gestalt in schwarzer Seide, deren Gesicht faltenlos und wunderschön sei und von ewiger Jugend zeuge.

Die Elfen meinen in ihm ihren alten Gott *Yosunquêl* (wörtlich: "der, dessen Name verloren ging") gefunden zu haben, und tatsächlich deckt sich seine Legende mit den Mythen des Schlafenden Gottes. Dort heißt es, dass derjenige, der den Namen des Schlafenden Gottes kennt, zu unaufhaltsamer Macht gelangen werde. Um zu verhindern, dass der Schlafende Gott vor seiner Zeit geweckt oder seine Macht gar missbraucht wird, ließen sich die Elfen mit einigen Dutzend ihrer besten Krieger in Lys Marrah nieder. Sechs von ihnen befinden sich ständig im Gewölbe, die anderen und ihre Familien sind unweit des Eingangs am "Elfenhügel" untergebracht.

Im Tempel des Schlafenden Gottes befinden sich der Leib desselben sowie ein Dutzend untoter Krieger. Wer den Namen des Schlafenden Gottes kennt, kommt zu unaufhaltsamer Macht!

Der Elfenhügel

Der bewaldete *Elfenhügel*, in dessen Innerem sich der *Tempel des Schlafenden Gottes* befindet, ist gleichzeitig das Domizil der ca. 200 Elfen in Lys Marrah. Ihr Sprecher, *Renadyenn*, ist gleichzeitig Anführer der ca. 20 Tempelwachen. Obgleich sie nicht angefeindet werden, haben die Elfen wenig Grund, sich in anderen Bezirken der Stadt heimisch zu fühlen. Insbesondere die Gnome strafen sie mit Ignoranz und Boshaftigkeiten, weigerten sich etwa lange Zeit, die Wasserversorgung des Hügels zu reparieren, oder „vergaßen" Lieferungen von Morgentau, aus welchem *Lunithswasser*, das Lieblingsgetränk der Elfen, gewonnen wird. Doch den größten Hieb verpassten sie ihnen schon vor langer Zeit, als sie den Menschen Drachenfett zum Isolieren ihrer Häuser verkauften. Seither leiden die Elfen, die nichts mehr hassen als Drachen, unter schwellenden Nasen und tränenden Augen, wenn sie sich auch nur wenig länger als einige Minuten durch die Straßen Lys Marrahs bewegen.

Am Elfenhügel leben die Elfen, die den Tempel des Schlafenden Gottes bewachen. Sie sind wenige an Zahl und werden von den Gnomen angefeindet.

Oroschgur's Achtel

Geradezu grotesk mutet da fast die Herzlichkeit an, mit der die Elfen im Bezirk der Zwerge behandelt werden, verbindet die beiden Rassen doch die Tatsache, dass sie jeweils Fremde in einer von Menschen und Gnomen dominierten Stadt sind. Der angestammte Bereich der ebenfalls ca. 200 Zwerge in Lys Marrah heißt *Oroschgur's Achtel*. Der Name bezeichnet auch die darin gelegene Taverne des gleichnamigen Zwerges, dessen lautes Organ man nicht nur in seiner Herberge, sondern auch einmal die Woche am Forum zu hören bekommt. Oroschgur, der gegenüber den Stadtobersten als Sprecher seiner Rasse fungiert, prangert lautstark allerlei Diskriminierungen an, seien es überteuerte Preise am Markt oder die Höhe der Stühle in den Tavernen; vor allem aber kämpft er für gerechten Lohn für die Dienste der Zwerge in der Unterstadt.

Oroschgur ist der lautstarke Sprecher der Zwerge. Er kämpft für Gleichberechtigung von Menschen und Zwergen.

Die Unterstadt

Geschätzte drei Viertel der Unterstadt sind unerforscht. Die Stadt verwendet veritable Mittel darauf, die Katakomben, Tunnel, Gewölbe, Fundamente, Keller und Kanäle zu erkunden, Fundamente zu erneuern, Schätze zu finden, Monster zu erschlagen und die vielfältigen Zugänge, aus denen immer wieder gefährliche Kreaturen nach draußen dringen, unter Kontrolle zu bringen. Da sie im Dunkeln sehen können, verdingen sich viele Zwerge als Mineure und Schatzgräber. Ihr Wissen um Bergbau und Minenarchitektur prädestiniert sie dafür, und ihr robuster Körper schützt sie gegen Monster, die oft unvermutet aus dem Geröll springen. Dem alten Gesetz des Finders zufolge darf der Finder eines Schatzes die Hälfte behalten, sodass nur die andere Hälfte der Stadt zufällt. Viel mehr braucht es nicht, um Zwerge aus Nah und Fern dazu zu bringen, in der Stadt ihr Glück bzw. ihren Reichtum zu finden. Doch so groß die Chancen auch sein mögen, die Löhne sind beklagenswert niedrig...

In der Unterstadt gilt es Monster zu jagen, Schätze zu bergen und alte Stätten freizulegen. Dabei sind vorwiegend Zwerge im Einsatz, die dem fünfzigprozentigen Finderlohn kaum widerstehen können.

Herrschaft

Genügend von allem haben in Lys Marrah nur die Gnome. Ihre Gilde, die *Raratinca*, beherrscht alle Handelsrouten am Kontinent. Sie hält die entlegene Stadt wie eine pulsierende Arterie am Leben, indem sie sie mit jenen Gütern versorgt, die Lys Marrah selbst nicht erwirtschaften kann. Dazu gehört unglücklicherweise vor allem Getreide, da die Felder in der Vergangenheit regelmäßig von marodierenden Orks überfallen und gebrandschatzt wurden. Alle bisherigen Versuche, um die Stadt herum eine funktionierende Landwirtschaft aufzubauen, sind an der Brutalität und Feindseligkeit der Orks kläglich gescheitert.

Ihre wirtschaftliche Überlegenheit beschert den Gnomen der *Raratinca* in Lys Marrah jeden erdenklichen Luxus, gepaart mit einer ordentlichen Prise Dekadenz: Sie essen umsonst in hiesigen Tavernen, trinken aus Pokalen, während man ihnen Haare und Nägel schneidet, lassen sich auf Sänften über das Forum tragen, und sie genießen die Unterwürfigkeit der "Stadtobersten". Ihr Mittelpunkt in Lys Marrah ist die Gildenresidenz, doch Wohnsitz der einflussreicheren Gnome ist ein Bergschloss, etwa eine Stunde außerhalb der Stadt gelegen. Ihr Gildenkommissar, *Ghalag "Schwarzgesicht"*, lebt dort wie ein Fürst und zitiert regelmäßig die vermögendsten und einflussreichsten Würdenträger zu sich, um sie zu demütigen und ihnen zu zeigen, wer die wahre Macht innehat.

W irtschaftlich gesehen herrschen über Lys Marrah die Gnome der mächtigen Raratinca-Gilde. Formell liegt die Herrschaft bei einem Stadtrat und einem Stadtfürsten.

Dem formellen Stadtfürsten von Lys Marrah, *Hurus Graf von Tyora, Repräsentant des Leeren Throns von Telaskia*, bleibt im Vergleich dazu nicht viel mehr als sein hohler Titel. Politisch ist seine Macht gering, zudem teilt er sie mit vier weiteren Stadträten und einem Verbrecherkönig, mit dem nicht zu spaßen ist, wird ihm doch die Entführung und Ermordung von Graf Hurus' Tochter *Phynis* zugeschrieben.

Das Schwarze Netz

Die Schattenseiten Lys Marrahs haben also ebenfalls einen Würdenträger hervorgebracht: Man nennt ihn *Aerek Lixo*. Er ist Fürst der Diebe, Schmuggler, Meuchelmörder und Erpresser, die sich unter ihm zu einer dubiosen Gemeinschaft, bekannt als das *Schwarze Netz*, zusammengeschlossen haben.

Lixo tritt selten in Erscheinung und lässt seinen Willen durch *Lady Uzarka* vollstrecken, seine maskierte Attentäterin, deren magische Peitsche schon so manchem Widersacher das Genick gebrochen hat. Lixo selbst hat die groteske Gestalt eines Kindes. Da sein kleiner Körper ihm allmählich den Dienst versagt, sucht er angeblich nach einem Weg, diesen zu wechseln. Geiselnahmen von Magiern, Diebstähle seltener Talismane, Überfälle auf Artefakte-Transporte – Aerek Lixo schreckt vor nichts zurück, um sein Ziel zu erreichen. Kein Weg dorthin ist ihm zu abstrus, und seine Verzweiflung ist ihm ein mächtiger Verbündeter.

Um dem Schwarzen Netz, aber auch unabhängigen Kriminellen sowie Agenten aus dem dunklen Reich von *Ras Korgoth* auf den Zahn zu fühlen, hat der Stadtrat einen „Regulator" eingesetzt, von dem sich die Leute noch nicht sicher sind, was sie von ihm zu halten haben. Man nennt ihn *Nunth "der Hund" Naskor*. Er ist bullig an Gestalt und hat das Antlitz einer Dogge. Manche sagen ihm einen Mangel an Verständigkeit zu, doch er hat das Talent, zur rechten Zeit am rechten Ort zu sein. Damit hebt er sich bereits von seinem Vorgänger ab, den man zu jeder Zeit in der Taverne „Zauberlaterne" antreffen konnte...

Das Schwarze Netz ist eine Vereinigung von Kriminellen, geführt von Aerek Lixo, der in der Gestalt eines Kindes gefangen und besessen davon ist, einen Weg aus seinem Körper zu finden.

Die Bibliothek

Fast alle Schriften aus der alten Bibliothek sind heute noch intakt. Doch nicht das alchemistische Geschick der Gründer ist dafür der Grund, sondern ein Zauber, der Schrifttümer in der Bibliothek vor dem Verfall schützt. Unglücklicherweise wirkt dieser Zauber nur vor Ort, weshalb die *Magier von Istrith* als Gegenleistung für die magischen Laternen nicht die Herausgabe der Bücher, sondern die Gewahrsame über die gesamte Bibliothek forderten. Der Pakt, der damals geschlossen wurde, sollte jedoch nicht lange halten, denn die Siedler warfen den Magiern – nicht ganz zu Unrecht – vor, die Ewige Dunkelheit nicht zerstört, sondern nur zurückgedrängt zu haben. Sie befürchteten, dass die Laternen irgendwann erlöschen könnten und sie sich, sobald die Magier erhielten, wonach sie strebten, in direkte Abhängigkeit des Zirkels begaben. Es wurde sogar gemutmaßt, dass die Magier in jeder Laterne ein Drittes Auge installiert hatten und so über alles und jeden in der Stadt immerzu Bescheid wussten! Paranoia oder Instinkt – die Siedler gaben die Gewalt über die Bibliothek nicht auf. Sie gestatteten den Magiern lediglich freien Zugang zu den Gewölben und den sich dort zu Tausenden stapelnden Schrifttümern.

Die Bibliothek von Lys Marrah ist von unschätzbarem Wert für die Magier von Istrith, doch die fühlen sich um die alleinige Herrschaft über die Schrifttümer betrogen. Ihre Rolle im Spiel um Lys Marrah ist noch unklar...

Weil die meisten Schrifttümer in einer alten, unverständlichen Sprache verfasst wurden und in Runen notiert sind, die selbst den Erleuchtetsten unter den Gelehrten Rätsel aufgeben, richteten die *Magier von Istrith* eine ständige Botschaft in Lys Marrah ein. *Botschafterin Vendra Amaas* ist an ihrem weiß-goldenen Gewand und dem gläsern wirkenden Zauberstab zu erkennen. Schreitet sie mit ihrer Alabastermiene durch Lys Marrahs Straßen, so erstarrt die eine Hälfte der Leute vor Ehrfurcht und die andere vor Bewunderung. Zu *Vendra Amaas'* Stab gehören sechs höhere Adepten, eine Handvoll Novizen und ein Trupp fähiger Söldner. Der allerdings sei unnötig, behaupten jene, die Zeugnis davon ablegen, wie *Vendra Amaas* im letzten Jahr höchstpersönlich den *Roten Mortulus* in die Flucht schlug.

Lys Marrah und Umgebung

Womit wir unseren Blick auf das Umfeld der Stadt gerichtet hätten. Der *Rote Mortulus* ist ein flammender Riesenvogel aus dem nahen *Arakhar-Gebirge*. Er vermag sich bis zur Größe eines Drachen aufzuplustern und kleine Feuerbälle zu speien. Jedes Jahr zieht er ungefähr zur selben Zeit seine Kreise über der Stadt und setzt Gebäude in Brand. In den alten Tagen pflegte man ihm Jungfrauen darzubringen, doch der Leere Thron von Telaskia duldet schon lange keine Menschenopfer mehr. (Obwohl nicht wenige Bewohner Lys Marrahs lieber eine Jungfrau sterben als dutzende Häuser abbrennen sehen würden...). Neben dem *Roten Mortulus* droht aus den Bergen "nur" Gefahr durch Bergtrolle, die hin und wieder wanderlustig werden und dabei Schneisen der Zerstörung, zuweilen bis zu den Mauern der Stadt, hinterlassen.

Jedes Jahr plagt die Stadt der Rote Mortulus aus den Arakhar-Bergen, ein Feuervogel, der Gebäude in Brand setzt und dem nicht beizukommen ist. Sollte man womöglich doch wieder die alten Menschenopfer einführen?

Unweit des Arakhargebirges liegen die *Flusshöhlen des Marbarus*. Der gleichnamige Strom durchläuft sie in einer Vielzahl von Verästelungen, bevor er sich wieder sammelt, um einige Meilen später Lys Marrah zu streifen. In den *Flusshöhlen von Marbarus* werden einzigartige Moose geerntet, die in den Ländern des Kontinents zu verschiedensten Produkten weiterverarbeitet werden, z.B. zu Seife oder Parfum in *Telaskia*, zu magischer Tinte in *Istrith* oder zu freudenspendenden Essenzen bei den *Zwergen von Vongrim*. Die Moose bringen der Stadt gutes Geld ein. Die äußeren Grotten und Kavernen sind auch relativ gefahrlos zu befahren; tiefer sollte man jedoch nicht vordringen, da dort immer wieder Goblins gesichtet werden. Ihre Leichen treiben zuweilen flussabwärts, wenn sie sich wieder einmal gegenseitig im Zorn erschlagen.

In den Flusshöhlen des Marbarus werden wertvolle Moose abgebaut. Sie sind eine der Haupteinnahmequellen der Stadt, doch auch Goblins tummeln sich in den Grotten und Kavernen.

Auf der anderen Seite von Lys Marrah erstrecken sich die *Schwarzen Sümpfe*. Über dieses Marschland herrscht eine Gruppe ebenso hässlicher wie gefährlicher Sumpfhexen, die sich ihre langen Leben damit vertreiben, bizarre Chimären und giftige Pflanzen zu erschaffen. Seit unter ihnen die *Hexe Yunrae* das Sagen hat, dehnen sich die *Schwarzen Sümpfe* mit Besorgnis erregender Geschwindigkeit stadtwärts aus, und einige befürchten schon, Lys Marrah werde ihnen in wenigen Jahren zum Opfer fallen. Der Stadtrat hat daher, gewissermaßen als Einheitsstrafe, die Zwangsarbeit in den Sümpfen eingeführt. Tag für Tag werken dort ca. 200 Verbrecher – vom Zechpreller bis zum Giftmörder – an der Trockenlegung von Yunraes Reich.

Yunrae, die Hexe, herrscht über die Schwarzen Sümpfe, die die Stadt allmählich zu verschlingen drohen. Deshalb legen verurteilte Verbrecher südlich der Stadt die Sümpfe trocken.

Im Gegensatz dazu freiwillig und gar nicht schlecht bezahlt sind die Arbeiten im Steinbruch und an *Voron's Wald*, wo die beiden wichtigsten Rohstoffe der Stadt – Stein und Holz – zu Tage gefördert werden. Unter den Arbeitern muss sich immer eine Mindestzahl an Milizen befinden, zumal die beschränkte Zahl an Kriegern in der Stadt nicht reicht, um Orkangriffe abzuwehren. Die Stadt verfolgt daher die Strategie, den Orks die Attacken zumindest so stark wie möglich durch Gegenwehr zu verleiden, was den Arbeitern auch hohes Ansehen und fast heldenhafte (leider meistens posthume) Verehrung zu Teil werden lässt. In den letzten Jahren blieben Angriffe auf die Arbeiter auch tatsächlich weitgehend aus. Späher meinen, dass dies jedoch nichts mit der Gegenwehr der Arbeiter zu tun habe, sondern daher rühre, dass unter den Orks neuerdings der Schamane *Raaz Nerech* das Sagen habe, der die Orks aus unbekannten Gründen zurückhalte.

Orks griffen immer wieder Arbeiter am Wald und am Steinbruch an. Sie werden neuerdings vom Schamanen Raaz Nerech geführt. Die Ruhe vor dem Sturm?

Zu *Voron's Wald* gilt es anzumerken, dass es sich um die Heimat der Minotauren handelt, deren Lebensweise gelinde gesagt rätselhaft ist. Man trifft sie zumeist vereinzelt an, und man weiß nie, wie die Begegnung ausgeht, denn ihr Wesen ist äußerst unberechenbar. Das Schicksal der Minotauren ist eng mit dem *Brunnen der Heilkraft* verbunden, der sich im Zentrum der Stadt befindet und dessen Wasser Heilkräfte entwickelt, wenn es mit dem Blut von Minotauren versetzt wird. Der Sage nach stirbt für jeden Menschen, der durch den Brunnen geheilt wird, in den Wäldern ein Minotaurus. Ein Quäntchen Minotaurenblut befindet sich im Eigentum der Stadt und wird vom Stadtrat zu besonderen Gelegenheiten in kleinen Dosen preisgegeben. Der Stadtrat ahnt freilich nicht, dass unter der Schirmherrschaft des *Schwarzen Netzes* bereits ein reger Schattenhandel mit Minotaurenblut etabliert wurde.

Der Brunnen der Heilkraft entfaltet seine Kräfte nur in Verbindung mit Minotaurenblut. Dieses wird illegal gehandelt, sehr zum Ärgernis der Minotauren in Voron's Wald.

Der Rest der Welt

Lys Marrah und seine unmittelbare Umgebung sollten dir und deinen Freunden vorerst Stoff für viele Abenteuer und Szenarien bieten. Danach sei dir das Setting „Der Leere Thron" (enthalten in Destiny - Das Regelwerk) empfohlen, welches die Länder jenseits der Wildnis von Norild beschreibt.

Völker in Lys Marrah

Elfen

Die Elfen mit ihrem androgynen Körperbau und ihren sonderbar geschnittenen, starren Gesichtern sind eine ebenso stolze wie alte Rasse. Sie sind naturverbunden und einzelgängerisch veranlagt, und sie neigen dazu, andere Völker herablassend zu behandeln. Sie gelten gemeinhin als überaus *talentiert* und kunstsinnig, und auch die Gabe der Magie ist bei ihnen ausgeprägter als bei anderen Völkern. Legendär sind ihre *scharfen Sinne*, die auch für ihren Ruf als *hervorragende Bogenschützen* verantwortlich zeichnen, und die Fähigkeit, sich *unentdeckbar* - manche meinen sogar unsichtbar - zu machen. Viele ältere Elfen sind außerdem *Herr über ihr Alter*, ja, sie können sich nach Belieben verjüngen, was zum Mythos ihrer Unsterblichkeit beigetragen haben mag.

Zwerge

Die ebenso kleinen wie robusten Zwerge mit ihren prächtigen Bärten und tiefliegenden Augen sind für ihr gutes Gedächtnis bekannt und ob ihrer Geselligkeit beliebt. Sie sind aber auch unbeirrbar und nur schwer von einem Vorhaben oder einer vorgefassten Meinung abzubringen. Überaus hartnäckig sind sie im Kampf: Sie haben nicht nur die Angewohnheit, *Schwachstellen* in den Rüstungen ihrer Gegner zu treffen, sondern sie selbst erfreuen sich auch einer geradezu *eisernen Konstitution*, die sie mit schier unendlichen Kraftreserven auf den Beinen hält. Die meisten Zwerge

sind auch *immun gegen jede Form übernatürlicher Beeinträchtigung*; entsprechend wenige Zwerge folgen selbst den magischen Künsten. Die *Fähigkeit, im Dunkeln zu sehen*, ist - dem landläufigen Glauben entgegen - nicht allen Zwergen gegeben, und sie ist auch nicht so verlässlich wie man als Mensch annehmen würde.

Orks

Die **Orks**, Humanoide mit starker Behaarung und dunkler, faltiger, wettergegerbter Haut, sind vor allem rastlose Jäger. Raubtieren nicht unähnlich, können sie *andere Lebewesen riechen*, besonders wenn sie von Angst erfüllt sind. Die Niederlage ihrer Gegner *inspiriert* sie; ein Ork wird umso gefährlicher, je mehr Gegner

er niederstreckt. Wird er selbst verletzt, gerät er in einen *Blutrausch* und wird zu einer gefährlichen Bestie. Läuft ein Ork einmal *Amok*, so ist niemand in seiner Nähe, auch nicht andere Orks, sicher vor seinen Attacken...

Gnome

Die als goldgierig verschrieenen Gnome sind kindsgroß und filigran und weisen nicht selten befremdliche Anomalien auf. Sie gelten als vorsichtig und geben sich undurchschaubar. Ihre Zunge kann weich wie Samt, aber auch spitz wie ein Stilett sein. Eine bei Gnomen verbreitete Eigenschaft ist die Fähigkeit, sich von einem Augenblick auf den anderen *tot stellen* zu können. Sie sind zwar keine Kämpfer, aber äußerst *trickreiche Gegner*, die immer wissen, wie sie sich *in Sicherheit bringen* können. Legendär ist ihr *Netzwerk*: Viele Gnome kennen an jedem Ort der Welt mindestens eine Person, die ihnen einen Gefallen schuldet.

Minotauren

Minotauren haben den Körper eines Menschen und den Kopf eines Stiers. Ihre *Hörner* sind freilich gerade im Sturmangriff eine mächtige Waffe, obgleich manche überhaupt meinen, dass gegen eine *Minotauren-Attacke* kein Kraut gewachsen sei. Gegen Müdigkeit und Schlaf scheinen Minotauren *gefeit* zu sein; manche kommen viele Tage ohne Ruhephase aus und rasten, wenn überhaupt, im Stehen. Die wohl bekannteste Eigenheit, die bei Minotauren beobachtet wurde, ist die *rasche Wundheilung*: Kleinere Wunden schließen sich oft sofort zur Gänze, aber auch ernsthafte Verletzungen verheilen schneller als das bei Menschen der Fall ist.

Waren und Preise

Artikel	Preis (Gold)
Allg. Ausrüstung (enthält *)	4
Alltag pro Monat	10
Analyse (Alchemie, Magie)	5
Boot: Ruderboot	7
Dietrich (1 Stk.)	1
Esel	15
Fernrohr	50
Gürteltasche	<1
Heiler, Behandlung	1
Hund, Kampf-/Spür-	15
Kette, Eisen- (2 m)	1
Kleidung	3
Kletterhaken (5 Anw.)*	1
Kompass	11
Laterne, Öl-* (5 Anw.)	1
Leiter, Strick- (5 m)	1
Linse (1,5x-Vergrößerung)	5
Mahlzeit	<1
Maultier	22
Monatseinkommen	15
Musikinstrument	4
Netz	2
Ortskundiger (pro Tag)	1
Pergament (10 Blatt)	1
Pfeile (20 Stk.)	1
Pferd	36
Pferdefutter (2 Wochen)	1
Reise, zu Fuß (1 Woche)	3
Rucksack, Leder-*	<1
Rüstung	10
Sanduhr	2
Schlafsack*	<1
Schminke und Puder	<1
Schreiber (größerer Auftrag)	1
Seil, Kletter- (10 m)*	<1
Spiegelchen, Metall-	1
Stiefel	1
Gaststätte (1 Nacht)	<1
Waffe	5
Werkzeug (Einheitspreis)*	1
Zunder (für 1 Abenteuer)*	1

„Dunkelheit in Hmûr"

Ob des Versagens einer magischen Laterne versinkt der alte Bezirk Hmûr in Düsternis. Der Stadtfürst bietet mutigen Helden gutes Geld, wenn sie den Grund dafür herausfinden.

Prolog. Stadtgespräch ist der alte Bezirk Hmûr. Die Ewige Dunkelheit sei wieder auf dem Vormarsch, heißt es, und grauenhafte Kreaturen drängen aus der Unterstadt ins Freie! Die magische Laterne in Hmûr sei seit einigen Tagen erloschen und der Stadtrat hat 100 Gold für jene mutigen Helden ausgeschrieben, die den Grund dafür herausfinden.

1. Die Laterne (1 QP). Ein erster Augenschein (👁 siehe kursive Textstelle in der Seitenmitte) führt die SCs zur erloschenen Laterne, die gerade vom Magier Makranor inspiziert wird.

Der etwas arrogante Magier aus Istrith fühlt sich nicht verpflichtet, den SCs das Ergebnis seiner Untersuchung mitzuteilen. Wenn sie ihn überzeugen (☺ CHA/GES), erklärt er, dass die Laterne an sich in Ordnung sei, aber ihr Licht durch etwas oder jemanden in der Nähe neutralisiert werde. 🌙 Die SCs müssen erst beweisen, dass sie ernst zu nehmen sind.

Sind die SCs länger vor Ort, werden sie das eine oder andere Monster aus den Schatten steigen sehen. Außerdem krab-

Euch ist, als würde es mit jedem Schritt düsterer. Ein feiner dunkler Nebel lässt schattige Gassen selbst am Tage dunkel und gefährlich erscheinen. Allenthalben dringen fremdartige Geräusche durch die menschenleeren Gassen. Ihr nähert euch der gusseisernen Laterne mit den ominösen Runen. Ihr magischer Kristall glimmt kraftlos. Ein Magier von Istrith steht auf einer hölzernen Rampe und untersucht die Laterne - bewacht von 3 berüsteten Söldnern.

beln 4 Riesenasseln auf ein Fenster zu, aus dem Geschrei eines Kleinkindes zu hören ist. Die SCs haben 6 KR Zeit, ehe die Asseln das Fenster erreichen.

✠ *Riesenasseln:*
KAM 36, KON 6, EW-k TP, RS 1

2. Suche (1 QP). Die Häuser in unmittelbarer Nähe bergen nichts Relevantes. Lass hier und da ein Monster auftauchen und sich wieder zurückziehen, ehe sich die SCs dazu entschließen, ihre Suche auf die Unterstadt auszuweiten. Den nächsten Eingang stellt ein rostiges Kanalgitter dar, das mit einer ☺ STR/GES ausgehebelt werden kann. 🌙 Der SC verletzt sich (1 SP), kann es aber erneut versuchen.

3. Unterstadt 🌑. Der letzte Rest Tageslicht schwindet, und selbst Fackeln und Lampen spenden hier nur gedämpftes Licht. Gib den Spielern Gelegenheit, ihre Marschreihenfolge zu bestimmen.

Die Unterstadt besteht hier aus folgenden Kammern und Anlagen, die du beliebig anordnen kannst:

3A. Kanal (1 QP). Der gemauerte Steg ist weggebrochen. Um dem Kanal zu folgen, muss man sich in das brackige Wasser begeben und schwimmen (☺ GSK/NAT +1). 🌙 Wegen Erschöpfung sind alle EW des SC bis zum Ende der Szene um 1 vermindert. Kann erneut versucht werden.

3B. Speis (1 QP). Hier verzehrt eine Riesenratte einen Klumpen Hundefleisch. Als sich die SCs der kleinen Kammer nähern, würfeln sie ⊙ INT/NAT -1. ☽ Sie hören die Riesenratte und können sich noch auf einen Kampf vorbereiten (Waffe ziehen, Taktik absprechen). ☾ Die Ratte faucht laut auf und springt ihnen aus dem Dunkeln entgegen.

⊕ *Riesenratte:*

KAM 36, KON 10, EW-g TP

3C. Tempel des Wassers (2 QP): ein zur Hälfte überfluteter Kultraum mit hoher Decke und schiefen Säulen mit Reliefs von Schiffen und Meeresbewohnern. An einem Torbogen klebt ein rosafarbenes Ding mit vier fleischigen Fangarmen und 2 kleinen Augen. Dieser Quadropus kann bekämpft oder mit einem Köder (zerbissenen Hund, 3B) für einige Kampfrunden fortgelockt werden.

⊕ *Quadropus:*

KAM 33, KON 14, EW-g TP, #AT:3

3D. Weinkeller (1 QP). Durch Risse und Spalten ist dieser ca. 5x5 Meter große Weinkeller zu erreichen (◉ Er befindet sich exakt 12 Meter unterhalb der magischen Laterne). In der Mitte, zwischen verfaulten Regalen, glimmt ein ca. 2 Meter durchmessendes Pentagramm (fünfzackiger Stern) mit fünf magischen Runen an den Enden. ⊙ INT/MAG: Das Pentagramm unterbindet Zauberkraft (◉ unter anderem den Lichtzauber der Laterne). Sobald sich die SCs nähern:

4. Der Dämon 🜨 (3 QP). Hinter einem Weinregal springt ein hässlich verkrüppelter Humanoider mit Klauen statt Händen hervor: Der Dämon hat ein groteskes Grinsen im Gesicht und warnt die SCs mit heiserer Stimme davor, näherzukommen, denn sein Auftrag sei es, das Pentagramm zu schützen.

⊕ *Wächterdämon 1. Grades: KAM 36, KON 24, EW-g TP, #AT:2*

Gelingt es den SCs, den Dämon ins Pentagramm zu treiben, sind seine Attacken um 1 erschwert, da der Dämon durch Zauberei in dieser Sphäre gehalten wird.

Um das Pentagramm zu zerstören, muss man die Runen in der richtigen Reihenfolge wegschrubben und ⊙ GSK/MAG im Gesamtwert von EW 30 ablegen, wobei 1 SC nur 1 Probe pro Kampfrunde ablegen kann.

Wenn die SCs auf die Idee kommen, mit dem Dämon zu verhandeln, so können sie, wenn sie geschickt vorgehen (⊙ CHA/MAG -1), ihn dazu bringen, seinen Beschwörer zu verraten. Er beschreibt ihnen dann einen bleichen Mann mit einem schwarzen Krähenamulett, und sie dürfen eine ⊙ INT/GES ablegen. ☾ Ycranis ist die im finsteren Nachbarreich Ras Korgoth vorherrschende Krähengöttin.

⬡ Die Verfolgung des bleichen Agenten könnte Ausgangspunkt für ein neues Abenteuer werden; ansonsten ist es schlicht ein wichtiger Hinweis, der den SCs die Gunst des Stadtrats und eine Prämie von 50 Gold einbringt.

5. Epilog. Nach Zerstörung des Pentagramms verstärkt sich das Licht der Laterne wieder, und die Düsternis schwindet aus Hmûr. Die SCs erhalten den Dank des Stadtfürsten, die 100 Gold sowie Questpunkte für jede gespielte Episode (Vorschläge jeweils in Klammern angegeben).

„Elfenhügel im Nebel"

Giftiger Nebel umhüllt jüngst den Elfenhügel. Ein befreundeter Elf bittet die SCs, sich der Sache anzunehmen. Die Spuren führen zu den Gnomen der Raratinca und zu einem in den nahen Bergen lebenden Schurkenmagier.

Prolog. Der Elf Larayn, mit dem die SCs lose befreundet sind, bittet sie um ein Dach über dem Kopf. Er sieht ausgezehrt und müde aus - eine traurige und verzweifelte Gestalt. Wenn die SCs Mitleid zeigen, wird er ihnen vom Nebel erzählen (◑) und sie bitten, sich umzuhören.

1. Nachforschungen (2 QP). Die Spieler haben freie Hand, Nachforschungen anzustellen:

1A. Augenschein. Der Elfenhügel ist ein erhabenes Waldgebiet inmitten der Stadt. Hütten und Baumhäuser der Elfen stehen weitgehend leer; hier und da hört man Mitleid erregendes Husten. Nebelfetzen hängen dicht zwischen den Ästen (◉ Der Nebel ist magisch, er schadet nur Elfen, nicht aber Tieren oder Menschen). An einer entlegenen Stelle sind Überreste verbrannter Kräuter zu entdecken. ☺ INT/MAG -1, um diese zu identifizieren: Gophanswurz, eine seltene Essenz, die für Beschwörungen verwendet und nur durch die Raratinca verkauft wird. ➜

„Gewiss habt ihr schon den Nebel gesehen, der oben über unserem Hügel hängt, einer tiefen Wolke gleich. Er macht uns krank!" Larayn unterdrückt einen Hustenreiz.

„Viele von uns haben ihre Häuser verlassen und suchen Unterschlupf in der Stadt. O weh, manche nächtigen gar in Ställen und Hauseingängen! Ich fürchte, wir Elfen werden Lys Marrah schon bald verlassen müssen..."

Sein Mundwinkel zuckt unwillkürlich, bevor er die Augen erwartungsvoll in eure Richtung aufschlägt.

Gleiche Information durch einen Alchemisten, kostet aber 5 Gold.

1B. Stadtrat. Hier erfahren die SCs, dass vor einigen Wochen ein Elfenkrieger im Tempel des Schlafenden Gottes einen Gnom tötete, der dort unvermittelt eindrang und sich weigerte, den Inhalt seines Beutels offenzulegen. Die Raratinca-Gnome forderten von den Elfen ein Wehrgeld von 3000 Gold. Der Stadtrat sah darin aber einen bedauerlichen Unfall und sprach die Elfen frei von Schuld.

1C. Dunkle Kanäle. SCs mit zumindest ansatzweise dubiosem Hintergrund können von Aerek Lixos Leuten erfahren, dass vor ca. 2 Wochen ein landesweit bekannter Schurkenmagier namens Kar Holor in der Stadt gesehen wurde. Er und seine Banditen hausen irgendwo in den Arakhar-Bergen, nahe dem Schloss der Gnome. Kar Holor habe in der Vergangenheit bereits versucht, das Wetter für seine Zwecke zu beherrschen.

2. Das Schloss der Gnome (2 QP). Ihre Erkenntnisse sollten die SCs zum Gildenschloss der Raratinca führen, welches ca. eine Stunde außerhalb der Stadt in den Bergen liegt. ◉ Gholog Schwarzgesicht, das Oberhaupt der Gnome, beauftragte den Magier Kar Holor mit der Beschwörung des Nebels aus Rache wegen der Tötung des Gnoms im Tempel. 2/3 des Lohns sind noch unentrichtet.

Aufgabe der SCs ist es nun, die Verbindung zwischen Gholog Schwarzgesicht und dem Schurkenmagier Kar Holor zu entdecken und den Weg zu letzterem zu finden. Mögliche Ansätze sind:

♦ Sie begehren Eintritt, um bei Gholog Schwarzgesicht vorzusprechen: Gholog wird sich vielleicht in Widersprüche verstricken, aber nichts zugeben und nicht einlenken.

♦ Sie legen sich vor dem Schloss auf die Lauer und folgen Gholog Geldboten mit den ausständigen 400 Gold zu Kar Holor (→ siehe 3.)

♦ Sie stehlen das Geld und gehen damit selbst zu Kar Holor (→ siehe 3.)

♦ Sie durchsuchen systematisch die Berge nach Kar Holors Unterschlupf.

3. Kar Holors Unterschlupf (3 QP) besteht aus 3 Steinhäusern auf einem kleinen, schwer zugänglichen Plateau, eine halbe Stunde westlich des Schlosses. Ein fetter Rabe kündigt Besucher durch lautes Krächzen an.

◉ Die SCs tun gut daran, Kar Holor und seine 6 Banditen (von denen stets 3 vor Ort sind), nicht anzugreifen. Besser sie spielen ihn und Gholog gegen einander aus oder ersinnen eine List oder appellieren an Kar Holors Stolz als Magier. Eventuell bieten sie ihm eine Begnadigung an, wenn er den Nebel wegzaubert.

✠ *Kar Holor: NAT 35, GES 35, KAM 33, MAG 46, KON 20, EW TP*

✠ *Banditen: KAM 36, KON 12, EW-g TP (schartige Waffen)*

4. Quarasfarn (2 QP). Gelingt es den SCs nicht, Kar Holor dazu zu bewegen, den Nebel wegzuzaubern, übernehmen dies die Magier von Istrith; es vergehen dann aber einige Wochen, und 3-4 Elfen werden sterben.

Benötigt wird in beiden Fällen das seltene Kraut Quarasfarn, das sich nur im Besitz der Raratinca befindet, die es natürlich nicht veräußern wollen. Die SCs müssen es entweder aus dem Lager der Raratinca stehlen (4B) oder aber neues in den Flusshöhlen ernten (4A).

4A. Die Flusshöhlen. Die Kräuterfrau Thera führt die SCs bis zu den vorderen Flusshöhlen. Die SCs dringen tiefer ein und würfeln rundenweise je eine ◉ INT/NAT, um Quarasfarn zu finden. Zähle mit, wieviele Runden sie brauchen, bis sie in Summe einen EW von 30 erreichen. Würfle dann mit W6. Liegt das Ergebnis unter der Rundenzahl, so treffen die SCs auf 4-8 Goblins.

✠ *Goblins: KAM 31, KON 9, EW-g TP*

4B. Lager der Raratinca. Das Lagerhaus am Stadtrand ist versperrt. Im Inneren halten zwei Orks zwischen den zahlreichen Truhen und Fässern Wache. Um das Kraut unbemerkt zu entwenden, braucht es ◉ GSK/GES im Gesamt-EW von 30. Zähle die Runden mit und würfle dann mit W6. Liegt das Ergebnis unter der Rundenzahl, so treffen die SCs auf die beiden Orks.

✠ *Orks: KAM 42, KON 15, EW TP*

5. Epilog. In einer Zeremonie wird das Abschwörungsritual vollführt. Der Rauch aus dem Quarasfarn vertreibt die Nebelschwaden wie ängstliche Tiere. Von den heimkehrenden Elfen erhalten die SCs eine kleine Flöte, die mit einer ◉ GSK/MAG Tiere anlocken kann. Vom Stadtrat erhalten sie für ihren Einsatz je 100 Gold.

„Erwartete Entführung"

Die Schwester des Stadtfürsten wurde aus ihrer Kemenate entführt. Die Spur führt die SCs in die Schwarzen Sümpfe, in das Reich der Hexe Yunrae.

Zu diesem Szenario findest du im Anschluss ein Spielleiter-Solo mit ergänzenden Hinweisen und Vorschlägen, wie man als Spielleiter auf unerwartete Entscheidungen der Spieler reagieren kann.

Prolog. An die 200 Leute strömen zur Ratshalle, wo Stadtfürst Graf Hurus das Verschwinden seiner 29-jährigen Schwester Iluna bekannt gibt und 100 Goldmünzen für jene auslobt, die sie ihm wohl behalten zurückbringen. Iluna gilt als bezaubernd, und die Aussicht, sie zu retten, lässt viele Herzen höher schlagen.

1. Ilunas Verschwinden (1 QP). Die SCs hören allerlei Geschichten:

♦ Iluna fühlte sich seit einigen Wochen bedroht. Nachts sperrte sie ihre Kammer ab, tagsüber verließ sie niemals das Haus ohne ihren Beschützer Nagrus und seine Leute. Und überhaupt begab sie sich nie nach außerhalb der Stadt.

♦ Iluna trägt großes Heil in sich. Ihr Blick bringt selbst die Herzen der hartgesottensten Krieger zum Schmelzen.

"Ich sag' euch was: Dort draußen auf dem Feld, das wir letztes Jahr trocken legten, steht eine alte Weide. Wir wagten es nicht, sie anzurühren, denn in ihr lebt angeblich Harere, Yunraes verstoßene Schwester. Sie bannte sie vor vielen Jahren aus Zorn in den Baum, und wer auch immer mit ihr sprechen mag, muss der Weide zuerst eine Frage beantworten. Harere hatte die Gabe der Hellsicht. Vielleicht mag sie euch sagen, wo sich Lady Iluna aufhält..."

♦ Die Götter retteten Iluna bereits zweimal das Leben.

♦ Iluna litt als 16-jährige an einer Art Schwindsucht, an der sie eigentlich hätte sterben sollen. Sie genas aber unerwarteterweise.

♦ Vor 12 Jahren ging Iluna das Pferd durch und trug sie in die Sümpfe. Man wähnte sie tot, doch 3 Tage und 3 Nächte später tauchte sie wieder auf – ohne Pferd und ohne Erinnerung an die Zeit in den Sümpfen.

Im Aedificium des Stadtfürsten können die SCs herausfinden, dass Iluna aus ihrer von innen versperrten Kemenate im 2. Stock des Turmes verschwand. Dort finden sich Spuren von Grummelgras, welches nur in den Sümpfen gedeiht.

2. In den Sümpfen (1 QP). Beschreibe den Spielern, wie 150 Gefangene Zuflüsse abgraben, Bachbetten ausheben, Bäume fällen und Knüppeldämme bauen. Der weinselige Vorarbeiter Ikkus erzählt, dass er in der Nacht, da Iluna verschwand, 3 riesige Gestalten aus dem Sumpf stapfen sah – ganz sicher die untoten Diener der Hexe Yunrae!

Im Gespräch mit einem Gefangenen erhalten die SCs einen Tipp (☺).

3. Provokation (optional, 1 QP). Ilunas Söldner Nagrus und seine 4 Mannen tauchen auf und provozieren die SCs ("Seid ihr solche Hohlköpfe, dass ihr mit einem Baum reden wollt, um meine Herrin zu finden?") Es kommt zu einem Faustkampf, in dem jeder Schadenspunkt zugleich demoralisiert.

✝ *Nagrus und seine 4 Söldner:*
   KAM 36, KON 14, EW-k TP (waffenlos)

4. Die Weide (1 QP). Als sich die SCs dem Baum nähern, blitzen in der Borke zwei Augen auf. Eine Stimme knarzt: "Hab' zwei Augen, bin doch nicht schön. Was ist's, das Leut' in mir nicht sehen?" Finden die Spieler die Lösung ("Augenweide") nicht, dürfen die SCs ⊙ INT/NAT würfeln. ☕ Gib ihnen einen Hinweis.

Sobald ausgesprochen, bricht der Stamm auf, und ein verholzter Menschenkopf schiebt sich nach draußen. Harere kann kaum reden und bittet um Wasser. Wenn sie alles gehört hat, rät sie den SCs: "Sucht dort, wo Stein und Wasser sich vereinen. Doch gebt Acht, die Dinge sind nicht so, wie sie scheinen!", ehe sich die Borke wieder schließt.

5. Stein und Wasser (1 QP). Ein junger Ortskundiger namens Uoron assoziiert Hareres Worte mit einer halb versunkenen Ruine tief drinnen im Sumpf, wo die Hexe Yunrae herrscht. Er beschreibt den SCs den Weg; begleiten mag er sie freilich nicht. ⊙ Nagrus und seine Leute folgen den SCs klammheimlich.

Im Sumpf werden die SCs von Mücken geplagt, Schlangen gleiten durch das Wasser, und allenthalben dringen ominöse Tierlaute aus dem Bodennebel. Das Vorankommen ist mühsam. Alle stellen ihre Belastbarkeit mit einer ⊙ STR/NAT unter Beweis. ☕ EW des SC sind für den Rest des Abenteuers durch Erschöpfung um 1 vermindert.

6. Die alte Ruine (4 QP). Eingestürzte, von Moos überwucherte Steinfundamente ragen aus dem Wasser. Im einzig intakten Gebäude hängt die gefesselte und geknebelte Iluna. Da taucht eine lederhäutige, deformierte, uralte Gestalt auf: Yunrae. Sie rät den SCs, sich nicht einzumischen, denn... ⊙ Iluna ritt vor 12 Jahren absichtlich in den Sumpf und bat Yunrae um Heilung von der Schwindsucht. Die Hexe entsprach ihrem Flehen, verlangte aber, dass sie sich nach 12 Jahren in ihre Gewalt begäbe. Da Iluna ihren Teil des Pakts brach, ließ Yunrae sie mit Gewalt zu sich bringen.

Für wen werden die SCs nun, da sie die Wahrheit kennen, Partei ergreifen?

6A. Die SCs überlassen Iluna der Hexe: Yunrae lässt die SCs gehen, dafür laufen sie Nagrus' Leuten in die Arme, die sie als Verräter betrachten und attackieren.

✝ *Nagrus und seine 4 Söldner:*
   KAM 36, KON 10, EW TP (bewaffnet)

6B. Die SCs konfrontieren Yunrae: Diese lacht schallend und verschwindet im Morast. Kurz darauf nähern sich ihre starken (aber dummen) Sumpfmonster aus allen Himmelsrichtungen.

✝ *Sumpfmonster (4):*
   KAM 26, KON 24, EW+2 TP

7. Epilog. Je nach Verlauf des Finales kommt es zu Feierlichkeiten oder einem Abgesang auf Iluna. Den SCs werden ihre Auslagen ersetzt; je nach Ausgang erhalten sie 100 Gold Belohnung oder „Schweigegeld" von Iluna. Jedenfalls bekommen sie die verdienten QP.

Spielleiter-Solo zu „Erwartete Entführung"

Wir wollen uns nun gemeinsam ansehen, wie du als Spielleiter mit Entscheidungen der Spieler umgehen kannst. Wir begleiten daher eine fiktive Spielegruppe durch das Szenario „Erwartete Entführung". Beginne bei →01 zu lesen und springe danach immer zu jenem Abschnitt, der dich am meisten interessiert.

01 Du inszenierst den Prolog, durch den die Spieler von Ilunas Verschwinden erfahren.
♦ Die Spieler versuchen, an den Stadtherrn heran zu kommen. →05
♦ Die Spieler bekunden Desinteresse und gehen zurück in die Taverne. →04
♦ Die Spieler fangen gleich an, wahllos Leute vor Ort zu befragen. →03

02 Wenn deine Spieler bzw. ihre SCs nicht durch Geld zu motivieren sind, dann versuche sie bei ihrem Ehrgeiz zu packen. Lass Nagrus sie zu einem „sportlichen Wettstreit" herausfordern. →10

03 Der Prolog ist noch nicht einmal vorbei, und die Spieler gehen gleich zur Sache. Wenn du möchtest, dass sie zuerst alles auf sich wirken lassen, sich „warm spielen", ihr Äußeres beschreiben usw., so könntest du klar machen, dass die überfüllte Ratshalle nicht der optimale Ort ist, um Ermittlungen zu starten, nicht zuletzt da die Menschen hier aufgewühlt und unruhig sind. →10

04 Graf Hurus sieht, wie sich die SCs abwenden und ruft: „Ihr da hinten!

Wendet euch nicht ab. Ich sehe, ihr tragt Schwerter und Schilde. Wenn sich Euresgleichen in einer solch verzweifelten Stunde abwendet, welche Hoffnung haben wir dann noch?" Es ist totenstill in der Halle, alle starren die SCs an.

Du hast Graf Hurus damit als sorgenden Bruder und verletzlichen Menschen charakterisiert und die SCs auf ein Podest gehoben. Die meisten Spieler werden nun wohl doch „anbeißen". →10

05 Mach es ihnen nicht zu leicht, denn immerhin ist Graf Hurus der höchste Würdenträger in Lys Marrah, v.a. wenn die SCs noch „unbeschriebene Blätter" sind. Sie könnten sich vielleicht erst durchschlängeln oder Wachen davon überzeugen müssen, dass sie nichts Böses im Schilde führen. Danach
♦ fragen die SCs Graf Hurus ein Loch in den Bauch. →06
♦ verlangen die SCs eine höhere Belohnung. →07
♦ treten die SCs in Interaktion, stellen sich namentlich vor usw. →08

06 Als Spielleiter willst du einen NSC wie Graf Hurus nicht zu einer billigen Informationsquelle degradieren. Der Stadtherr dankt ihnen daher für ihren Einsatz, verweist aber bezüglich Details auf seinen Haushofmeister und das restliche Personal in seinem Haus. →10

07 Graf Hurus mustert die SCs enttäuscht. „Ist es Euch nicht Lohn genug, Eurem Herrscher die Sorge zu nehmen, die sein Herz so sehr plagt? Wenn Euch das und 100 Gold nicht dazu bewegen können, das Richtige zu tun, dann weiß ich auch nicht."

Wenn die SCs noch immer nicht „anbeißen", musst du Trick Siebzehn bemühen: Konkurrenz! Nagrus und seine Söldner erscheinen. Nagrus wendet sich an den Grafen: „Euer Lordschaft, Ihr braucht diese geldgierigen Hunde nicht. Wir werden Iluna für Euch finden, und wenn es das Letzte ist, das wir tun. Verlasst Euch auf uns."

Spätestens jetzt sollten die Spieler motiviert sein, das Abenteuer anzunehmen. →10. Falls nicht →02.

08 Spieler brauchen das Gefühl, bedeutsam zu sein, und die Interaktion mit wichtigen NSCs befriedigt dieses Bedürfnis. Graf Hurus wird sich daher höflich anhören, was sie zu sagen haben und ihre Namen interessiert nachsprechen. „Ich danke Euch, dass Ihr gekommen seid, um zu helfen. Wenn es Euch gelingt, meine Schwester zu finden, werde ich Eure Namen bestimmt nicht zum letzten Mal im Munde getragen haben."
- Die SCs fragen Graf Hurus ein Loch in den Bauch. →06
- Die SCs verlangen eine höhere Belohnung. →07
- Die SCs sind glücklich und lassen Graf Hurus sich würdevoll zurückziehen. →10

09 Mal sehen, ob unsere Ansätze mit deiner Lösung konkurrieren können:
- Du lässt einen alten Strafgefangenen auftauchen, der sich in der Nähe versteckt und zugehört hat. Er bietet den SCs an, ihnen die Lösung zu verkaufen, wenn sie ihm einen Gefallen erweisen.
- Du lässt eine andere Spur auftauchen, die zur Ruine führt, z.B. einen Kräutersammler, der dort in der Nähe ein Licht gesehen haben will.
- Du gibst den Spielern die Chance, die Weide mit Gewalt zum Reden zu bringen. Nicht originell, nicht elegant, aber möglich.

Anschließend geht es ab in den Sumpf →23.

10 Wir sind nun in Episode 1 (Punkt 1. im Abenteuerkonzept) angekommen. Deine Aufgabe ist es, 6 Informationen an die Spieler zu bringen und ihnen das Gefühl zu geben, dass sie sich diese Informationen selbst erarbeitet haben. Du beginnst am besten damit, demonstrativ die Karte von Lys Marrah auf den Tisch zu legen und die Spieler zu fragen, was sie zu tun gedenken. Das Ganze kann sich nun wie folgt entwickeln:
- Die SCs erhalten den Hinweis auf die Sümpfe und verlassen die Stadt umgehend, um dort nachzuforschen. →11
- Die SCs geraten völlig auf den falschen Dampfer. Sie wittern z.B. eine Verschwörung im Hause des Stadtfürsten und beginnen, sich in haarsträubenden Theorien zu verlieren. →12
- Unglaublich, aber wahr: Die SCs durchschauen den Plot auf Anhieb und teilen ihre Vermutung mit Graf Hurus. →13
- Die SCs nutzen ihre Große Gabe, um Ilunas Aufenthaltsort auszumachen. →14

11 Damit ist Episode 1 überraschend schnell beendet. Du bist vielleicht enttäuscht, denn du hättest gerne alle Informationen über Iluna an die Spieler weitergegeben. Das kannst du aber immer noch tun, z.B. über den Vorarbeiter in den Sümpfen. Abenteuer sind im Rollenspiel ständig im Fluss - versuche nicht, gegen den Strom zu schwimmen. →15

12 Als Spielleiter solltest du ihnen nicht direkt sagen, dass sie auf dem Holzweg sind, aber du musst dafür sorgen, dass sie sich nicht völlig verrennen. Was natürlich um so schwieriger ist, wenn sie nur in der Taverne sitzen und Theorien spinnen. In diesem Fall könnte es so gehen: „Ihr hört Begeisterungsrufe auf den Straßen und seht, wie Nagrus und seine Söldner sich feiern lassen. Sie verkünden großmäulig, Ilunas Spur gefunden zu haben und noch heute in die Sümpfe aufzubrechen."

Dieser nicht ganz so dezente Hinweis sollte die SCs wieder auf den richtigen Weg zurück führen. →15

13 Ruhig Blut. Manche Spieler haben ein geradezu übernatürliches Gespür für Zusammenhänge, und nicht jedes Abenteuer muss zwangsweise zu einem Aha-Erlebnis führen. Der Stadtfürst jedenfalls zweifelt ohnehin an der Theorie: „Was?? Meine Schwester würde niemals mit einer Hexe einen Pakt schließen! Eure Anschuldigung ist so ungeheuerlich wie lächerlich! Geht lieber hinaus und sucht Iluna, und kommt erst wieder, wenn ihr sie gefunden habt!"

Streue keinesfalls falsche Fährten aus, nur weil du meinst, das Abenteuer sei für die Spieler zu einfach! →15

14 Zum Beispiel folgendermaßen:
♦ Ein SC bringt sein NATUR-Talent ins Spiel, um besonderen Geruchssinn zu entwickeln und Ilunas Witterung aufzunehmen. →16

♦ Ein SC bringt sein MAGIE-Talent ins Spiel, um eine Vision von Ilunas Aufenthaltsort zu erzwingen. →17

15 In Episode 2 geht es zunächst darum, den Spielern den Kampf der Stadt gegen die sich ausbreitenden Sümpfe zu beschreiben. Als SL solltest du den Spielern nicht nur eine Geschichte erzählen, sondern auch immer neue Details zu ihrer Welt enthüllen. Anschließend:
♦ Die SCs marschieren in die Sümpfe, ohne sich vorher bei irgend jemandem erkundigt zu haben. →18
♦ Die SCs nutzen die Große Gabe NATUR, um den Sumpf zu durchkämmen. →19
♦ Die SCs stellen sich bei Ikkus vor und holen Informationen ein. →20

16 Du könntest die Witterungsaufnahme als Grad 2-Effekt inszenieren, der die SCs zu den Sümpfen, aber nicht in die Sümpfe führt: „Du nimmst plötzlich eine Vielzahl von Gerüchen wahr, nicht alle nur angenehm. Es dominiert ein feucht-modriger Geruch von Pflanzen, gepaart mit dem edel-süßen Duft einer gepflegten Frau. Wie leise Fahnen in der Luft führt er dich aus Ilunas Kemenate und scheint deutlicher zu werden, je weiter du dich davon entfernst. Als ihr den Stadtrand erreicht, deutest du auf die weitläufigen Sümpfe. Leider überwiegt hier allmählich der feucht-modrige Geruch, während sich Ilunas Duft verliert." →11

17 Du könntest das als Grad 2-Effekt inszenieren, der den SCs etwas Neues, Überraschendes enthüllt, ihnen aber die Möglichkeit erhält, die verschiedenen Episoden des Abenteuers zu durchlaufen. „Du schließt die Augen und in deiner inneren Wahrnehmung entsteht das Bild einer schönen Frau. Sie ist geknebelt und windet sich in einem Zustand von Hilflosigkeit. Du versuchst zu erkennen, wo sie sich befindet, doch irgendwie will sich ihre Umgebung nicht zeigen. Auf einmal weißt du, warum, denn es schiebt sich eine hässliche Fratze in dein Blickfeld. Eingesunkene Augen in einem lederhäutigen Gesicht starren dir feindselig entgegen. Sie zischt: ‚So leicht mache ich es euch gewiss nicht. Sie gehört mir!!‘ Danach endet die Vision." →11

18 Wenn du möchtest, dass die SCs den Sumpf auch in Zukunft als bedrohlich und unwegsam ansehen, solltest du sie hier nicht ohne weiters – ohne Ortskundigen, ohne Anhaltspunkt – herum wandern lassen. Sie geraten daher eventuell in ein Wasserloch, wo sie von Riesenmoskitos oder Riesenblutegeln angegriffen werden. Danach taucht ein Kräutersammler auf. „Seid ihr von Sinnen, einfach in Yunraes Sumpf zu spazieren? Was habt ihr erwartet? Kommt, ich bringe euch zurück zum Lager. Dort habe ich Heilsalben."

Im Lager hast du dann Gelegenheit, die SCs mit jenen Informationen zu versorgen, die sie brauchen, um dem Abenteuer weiter zu folgen. →20

19 Natürlich wollen wir, dass die SCs den Sumpf nicht stumpfsinnig durchsuchen, sondern zuerst das Rätsel bei der Weide lösen und dann gezielt zu den Ruinen marschieren. Wenn sie nun aber mit der Großen Gabe das Hindernis Sumpf ausschalten (mindestens Grad 2), könntest du ein anderes Hindernis erschaffen: „Egal, wo ihr euch hinwendet, sobald ihr versucht, tiefer in den Sumpf einzudringen, tauchen grüne, monströse Gestalten aus dem Dunst vor euch auf: drei Schritt groß und breit wie Felsen. Es dürfte schwer werden, an ihnen vorbei zu kommen."

Da du nun ein Hindernis durch ein anderes ersetzt hast, muss die Weide den SCs in der nächsten Episode nicht nur einen Hinweis geben, sondern auch z.B. ein besonderes Harz, das, wenn die SCs es verbrennen, Yunraes Diener vorübergehend außer Gefecht setzt. →20

20 Ein Drittel des Abenteuers ist bereits vorüber. Wenn die SCs bisher keine Kämpfe zu bestehen hatten, kann es sein, dass der eine oder andere Spieler bereits unruhig wird. Nutze also die optionale Episode 3, falls du das Gefühl hast, die Spieler könnten Abwechslung vertragen. Danach widmen wir uns der Weide. →22

21 Das Abenteuer sieht vor, dass du den Spielern auf die Sprünge helfen kannst, wenn ihnen eine Probe auf INT/NAT gelingt. Leider verhauen alle Spieler ihre Probe. Was tun? Überlege kurz und lies dann, welche Möglichkeiten uns eingefallen sind. →09

22 Du beschreibst den Spielern die Weide und ihr Rätsel, und …
♦ die Spieler finden die Lösung nicht. →21
♦ die Spieler finden die Lösung. →23

23 Die SCs wissen, was es zu wissen gibt, und befinden sich nun auf dem Weg in den Sumpf. Du beschreibst in schillernden Farben das unwegsame Terrain, die lästigen Mücken, die blubbernden Sumpflöcher und die Rufe von Kröten und Waranen, die durch den unheimlichen Nebel dringen, und ...

• deine Spieler sitzen still da mit einem Gesicht Marke „Na und?" →24
• deine Spieler scherzen und lachen und rascheln mit der Chips-Packung. →25

24 Wenn es dir schwer fällt, den Spielern das Gefühl der Mühsal zu vermitteln, das ein Marsch durch den Sumpf mit sich bringt, musst du dir vielleicht ein konkretes Problem ausdenken: Einer der SCs hat bereits blutig gekratzte Bisswunden von Moskitos. Einem anderen erzählst du, dass eine kleine Schlange in seinen Stiefel kriecht (was er sich möglicherweise eingebildet hat). Sobald jeder „sein" Problem gelöst hat, geht die Erzählung weiter. →26

25 Atmosphäre schaffen ist schwierig, wenn die Spieler nicht mitmachen. Solange du der einzige bist, der das versucht, bist du auf verlorenem Posten. Gehe einfach darüber hinweg und sprich vielleicht nach dem Abenteuer mit den Spielern über deine Erwartungen an ihre Mithilfe beim Schaffen von Atmosphäre. Im Augenblick kannst du nichts anderes tun, als sie zu beschäftigen. →26

26 Jetzt wird es spannend. Während das Abenteuer bisher sehr linear verlief, kann es sich nun in alle möglichen Richtungen entwickeln. Sehen wir uns an, auf welche Ideen unsere fiktive Spielergruppe kommt:

• Die SCs befreien Iluna und lassen Yunrae nicht einmal zu Wort kommen. →27
• Die SCs nehmen Iluna als Geisel und drohen Yunrae sie zu töten. →28

• Die SCs halten zu Yunrae und machen sich die Hexe zum Freund. →29
• Die SCs ballen ihre Großen Gaben, um Lys Marrah von der unseligen Yunrae zu befreien. →30

27 Gut möglich, dass deine Spieler zu jenen gehören, die Angst haben, wertvolle Zeit zu verlieren, wenn sie einen NSC zu Wort kommen lassen. In diesem Fall solltest du demnächst ein Abenteuer bauen, in dem sie genau das – sich mit einem großen Gegner im Gespräch auseinander zu setzen – tun müssen. Hier und jetzt solltest du es einfach hinnehmen und Iluna am Ende hintergründig lächeln lassen. Versuche nicht, ihnen einen filmreifen Monolog der Hexe Yunrae aufzuzwingen. →33

28 Wenn dir so etwas widerfährt, bist du von höchst kreativen Spielern umgeben. Freu dich über unkonventionelle Lösungen und belohne sie dafür! Außerdem: Warum sollte Yunrae nicht ebenfalls völlig perplex sein? Lass Nagrus und seine Söldner auch noch hinzustoßen, dann wird Yunrae sich völlig überfordert zurückziehen, und es bleiben „nur" noch ihre Diener übrig. →33

29 Die Spieler als Agenten der Hexe - wunderbarer Stoff! Folge dieser überraschenden Wendung. Stelle Yunrae als missverstandene Außenseiterin dar, die gar nicht so böse ist, wie alle sagen. Lasse dir für das nächste Abenteuer einen Vertrauensbeweis einfallen, den die SC erfüllen müssen; eine Mission oder ein symbolisches Opfer. Lass die SCs in der Stadt auf einen Priester treffen, der u.U. ihr Bündnis mit der Hexe herausfindet.

Nutze die Gelegenheit für eine ganz abgedrehte Kampagne! →33

30 Die SCs haben noch fast alle ihre Konstitution- und Destiny-Punkte, und die Versuchung, Lys Marrah von der bösen Hexe zu befreien, ist groß. Wenn du Yunrae nicht gefährlich genug geschildert hast, kommt es schlimmstenfalls so: Ein SC springt auf Yunrae zu und hält ihr ein Messer an die Kehle (GESCHICK). Ein anderer paralysiert sie auf magischem Wege (MAGIE). Der dritte SC hält sie mit eisernem Griff fest (STÄRKE), und der vierte stürmt auf sie zu, um sie bewusstlos zu schlagen (KAMPF). Uff.

♦ Du erklärst, dass Yunrae unverletzlich und magieresistent ist, würfelst hinter der Hand und verkündest: „Tja, leider hat Yunrae erfolgreich verteidigt. Und nun ist sie dran und teleportiert sich weg." →32

♦ Du gibst dich geschlagen. →31

31 Man muss wissen, wann man besiegt ist. Wenn die Spieler ihre Ressourcen derart bündeln, so hat Yunrae sie möglicherweise schlicht und ergreifend unterschätzt und zu nahe an sich heran gelassen. Damit muss Yunrae aber noch längst nicht aus dem Spiel sein! Solange sie sich nicht wehrt, werden die SCs sie vermutlich am Leben lassen und den Stadtobersten aushändigen. Überlege dir, wie die Geschichte weitergehen könnte. Eines ist sicher: Die SCs werden darin eine wichtige Rolle zu spielen haben. →33

32 Den Spielern wird diese Entwicklung gewiss nicht gefallen. Sie haben ihre Kräfte gebündelt und Destiny-Punkte en masse ausgegeben, um Yunrae gefangen zu setzen. Sie werden sich um den Sieg betrogen fühlen. Daher unser erklärter Tipp: Führe keine gottähnlichen NSCs, die den Spielern immer eine Nase voraus sind, derer man niemals habhaft wird, die alles im Vorhinein wissen und die niemals Fehler machen. Solche NSCs frustrieren Spieler ohne Ende und sind für niemanden ein Gewinn. →33

33 Je nachdem, wie sich Episode 6 entwickelt hat, kannst du es noch zu einem Finalkampf mit den Sumpfmonstern oder mit Nagrus und seinen Leuten kommen lassen. Sollte die Konfrontation mit Yunrae aber spannend und interessant gewesen sein, kannst du es damit auch bewenden lassen und den Finalkampf auslassen. Auch das gehört zum Spielleiter-Sein: Szenen zu streichen, wenn sie nicht mehr so recht passen wollen. →34

34 Die SCs kehren nun – hoffentlich gesund und munter – aus den Sümpfen zurück und ernten entweder Lob und Bewunderung oder eine Menge Fragen, die sie vielleicht gar nicht beantworten wollen. In jedem Fall erhalten sie ihre schwer verdienten Questpunkte.

Wir hoffen, dir mit diesem kleinen Spielleiter-Solo den Einstieg in die Welt des Spielleitens schmackhaft gemacht zu haben. Bedenke immer: Das Schönste am Rollenspielen ist die gemeinsame Zeit und die Freude an der Geschichte. Überrascht euch gegenseitig, und ihr werdet eine Vielzahl unvergesslicher Abenteuer erleben!

Jangar

Vorgeschichte: Nachdem dein Vater der Wilderei bezichtigt wurde, verließ er Telaskia und nahm dich mit in die Wildnis von Norild. Er lehrte dich alles, was er wusste über Kräuter und Pflanzen, Tiere und Monster, und er teilte mit dir auch so manches Geheimnis der Wälder. Eines Tages kam ein Minotaurus zu eurem Lager. Dein Vater sprach ausgiebig mit ihm, dann verabschiedete er sich schweren Herzens von dir und versprach, dich dereinst wieder in Lys Marrah zu treffen.

Das ist viele Jahre her. Du lebst mittlerweile in beiden Welten: In der Stadt verdingst du dich als Tiermeister, in den Wäldern suchst du Kräuter, die du gut genug verkaufen kannst, um ein Auskommen zu finden.

Äußeres: robuster Körperbau, tiefliegende warme Augen, Vollbart

Wesen: naturverbunden, wortkarg, geduldig, moralisch

Habe: Speer, 3 Wurfspeere, allgemeine Ausrüstung, 20 Gold

Natur	Kampf	Gesell-schaft	Magie
44	35	32	31

Konstitution	Destiny-Pkt.	Gold
15	6	20

Ebbenyn

Vorgeschichte: Man hält dich für einen Magier von Istrith, zumal du deren Zaubertechnik beherrschst. Wenn die wüssten, dass dein Vater lediglich Imker war! In jungen Jahren fandest du an einer entlegenen Stelle den Leichnam eines Istrith-Magiers. Du rangst lange mit dir, ehe du sein Buch und seinen Ring an dich nahmst. Den Ring verkauftest du, um bei einem Schreiber heimlich Unterricht im Lesen zu nehmen, und abends, wenn alle schliefen, studiertest du das Zauberbuch. Heute beherrscht du die magischen Künste so gut, dass niemand daran zweifelt, dass du in Istrith unterwiesen wurdest. Um dem Schicksal für diese außerordentliche Wendung deines Lebens zu danken, stellst du deine Kräfte in die Dienste des Guten.

Äußeres: filigraner Körper, hellblondes Haar, einnehmende graue Augen

Wesen: geheimniskrämerisch, zögerlich, rätselhaft, gründlich

Habe: Stab, allgemeine Ausrüstung, 30 Gold

Magie	Gesell-schaft	Kampf	Natur
45	35	31	31

Konstitution	Destiny-Pkt.	Gold
15	6	30

Mendelis

Vorgeschichte: Als sich Quios Gauklertruppe in Lys Marrah niederließ, hatte sich gerade der Artist ein Bein gebrochen, und du, ein Straßenkind, wurdest aufgenommen, ihn zu ersetzen. Quio, der Anführer, trainierte dein Körpergefühl und deine manuelle Geschicklichkeit weit über das hinaus, wozu Menschen normalerweise im Stande sind.

Doch ihre Vergangenheit holte die Gaukler ein. Nach und nach erlitten sie bittere Rückschläge und Unfälle – angeblich ein Fluch, den sie in Ras Korgoth auf sich gezogen hatten. Schon bald stritten sie und zerstreuten sich in alle Richtungen. Quio verschwand spurlos. Du bliebst in Lys Marrah und schlägst dich seitdem mit straßentauglichen Kunststücken durch.

Äußeres: rotes Haar, Lächeln auf den Lippen, geschmeidige Bewegungen
Wesen: sympathisch, ungeduldig, genusssüchtig, Aufmerksamkeit heischend
Habe: Dolch, 3 Wurfmesser, allgemeine Ausrüstung, 10 Gold

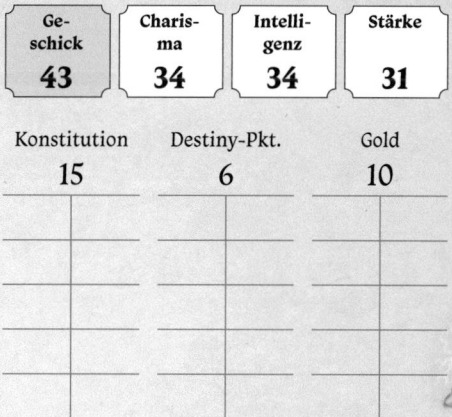

Geschick	Charisma	Intelligenz	Stärke
43	34	34	31

Konstitution	Destiny-Pkt.	Gold
15	6	10

Varulk

Vorgeschichte: Deine Familie hat ein schweres Erbe: Alle waren Henker. Schon als Kind musstest du zusehen, wie dein Vater unter der schwarzen Maske Urteile vollstreckte. „Einer muss es ja tun", pflegte er immer zu sagen, „und wenn ich einmal nicht mehr bin, wird es deine Pflicht sein." Doch es sollte anders kommen: Bei deiner ersten Hinrichtung flog das Axtblatt in hohem Bogen davon. Bei der zweiten brach der Hebel, der die Falltür unter dem Delinquenten hätte öffnen sollen, und bei der dritten sprach der Stadtfürst im letzten Augenblick eine Begnadigung aus. Daraufhin hast du die Henkerskappe an die Wand gehängt und das heruntergekommene Haus deines Vaters gegen Rüstzeug eingetauscht. Ein Leben als Abenteurer wartet!

Äußeres: Muskelprotz, kurzes braunes Haar, weiche Gesichtszüge
Wesen: aufrichtig, Gerechtigkeitssinn, neigt zu Vereinfachungen
Habe: Axt, Rüstung, allgemeine Ausrüstung, 20 Gold

Stärke	Geschick	Intelligenz	Charisma
43	33	33	32

Konstitution	Destiny-Pkt.	Gold
19	6	20

DESTINY
BEGINNER

SC: _____

Volk: _____

6

Stufe

KON-
Punkte

Destiny-
Punkte

Quest-
punkte

Notizen

LYS MARRAH

Index

Abkürzungen

#AT	Attacken pro KR	KAM	Kampf	STR	Stärke
CHA	Charisma	KON	Konstitution	TP	Trefferpunkte
DP	Destiny-Punkte	KR	Kampfrunde	Wx	x-seitiger Würfel
EW	Erfolgswert	MAG	Magie		
EW-g	großer Erfolgswürfel	NAT	Natur	⊛	Textstelle
EW-k	kleiner Erfolgswürfel	NSC	Nicht-Spieler-Charakter	⊞	Szenenwechsel
GES	Gesellschaft	QP	Questpunkte	⊘	Information für SL
GSK	Geschick	RS	Rüstschutz	⊕	Kampfwerte
INT	Intelligenz	SC	Spielercharakter	⊗	Probe auf ...
		SL	Spielleiter	↷	Wenn Probe gelingt ...
		SP	Schadenspunkte	↶	Wenn Probe misslingt ...